GAEA

Gaea

符紙婆婆與左鄰右舍們

Tales of Mystery 3
詭語怪談系列

星子 —————— 著

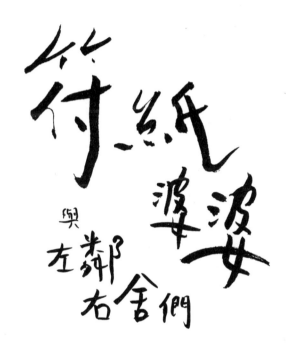

竹紙婆婆與左鄰右舍們

目錄

讓我當一晚賭神

叩叩叩——

年輕人眼眶含淚、咬牙切齒，敲了敲眼前那扇破爛木門，推門走進這昏黃小房。

房內除了靠牆貼著幾座陳舊木櫃，便只一張大木桌，上頭伏著一隻紫灰色大貓。

桌下鑽出隻土黃色小貓，繞進小房內側一扇垂簾小門，喵喵叫著：「婆婆、婆婆，有客人上門了！」

一個老得看不出年歲的婆婆，搖搖晃晃地撥簾出來，瞅著那年輕人呵呵笑了幾聲，來到木桌後方坐下。

「你想——」紫灰色大貓挺直身子，尾巴捲上前足，優雅地說：「年輕人呀，你既然能找到這裡，應該知道這裡的規矩，對吧？」

年輕人點點頭，說：「我知道……符紙婆婆，有求必應。」

「有求必應，然後呢？」

「但必須付出相對應的代價……」年輕人說：「但我聽說可以事後補齊尾款……」

「要看情況。」紫灰色大貓舔舔爪子。「想用婆婆的符賺了大錢，再拿一部分補齊尾款，這招行不通喲——」

「我不想賺錢，我只想……」年輕人身子顫抖、緊握拳頭、眼淚滑落臉龐。「報仇……」

「報仇？你要替誰報仇？」紫灰色大貓問。

「替我爸爸跟媽媽報仇……」年輕人遞上一只絨布小袋，裡頭裝著些首飾。「這是我媽媽的遺物，我先抵押在這兒當前金，我報了仇，再向婆婆贖回遺物，可以嗎？」

「……」紫灰色大貓轉頭瞥了瞥符紙婆婆，見婆婆打了個長長的哈欠，像是不置可否，便說：「先聽你說說前因始末吧。」

「我爸爸……在一間賭場裡碰上老千……」年輕人抹著淚，說：「輸光所有積蓄，我家被法拍……他想不開自殺了。我媽媽有憂鬱症，在我爸自殺後沒幾天，也跟著跳樓走了……」

「那麼……」紫灰色大貓說：「你想怎麼報仇呢？」

「我要那幾個老千嘗嘗被騙的滋味……」年輕人說：「我想當一晚賭神——我贏的錢，百分之五要交給賭場，這是那裡的規矩；剩下九成五，一半給婆婆當尾款，贖回我媽媽那袋首飾；另外一半，捐給社福團體。」

「簡單來說，你贏了一億，必須給賭場五百萬，剩下九千五百萬，婆婆分四千七百五十萬，另外四千七百五十萬，你要捐給社福團體？」

「對。」年輕人說：「我一毛都不要，只要報仇。」

紫灰色大貓好奇問：「有本事一晚輸掉一億的傢伙，來頭應該也不小，你贏他這麼多錢，不怕人家事後報復？」

年輕人搖搖頭，答：「別的地方我不敢講，但那個地方的規矩是——輸家不能私下報仇，否則會被賭場列入黑名單，那地方背後大哥勢力很大，我要對付的只是幾個老千，他們有點錢，但是沒什麼勢力，不敢破壞規則。而且我根本不怕，我只是要報仇，就算他們真的找我麻煩，也拿不回錢，頂多拿我一條爛命。」

紫灰色大貓還沒搭腔，符紙婆婆已經開始磨墨寫符，寫完捏起吹了吹墨跡，笑咪咪地遞給年輕人。

「記住，效力只有一晚。」紫灰色大貓這麼說。「我讓地瓜帶著你媽媽的遺物貼身跟你，等你過完一晚賭神癮，天一亮，地瓜會陪你到銀行將現金轉給社福團體，然後讓你贖回遺物，將婆婆的尾款帶回。」

「地瓜……」年輕人接過符，一時還搞不清楚「地瓜」是何方神聖。

「地瓜是我，我是地瓜。」剛剛那隻土黃色小貓從桌下鑽出，蹦上木桌，讓婆婆將裝著幾枚首飾的絲絨小袋用繩子繫在他身上，跟著躍上年輕人肩膀，說：「走吧。」

□

賭場位在山腰一處腹地遼闊的高級別墅地下一樓。

這別墅裡外保全森嚴，幕後經營者據說不僅江湖輩分極高，政商關係也十分良好，裡頭保鏢數量和武裝，儼然一支小型部隊，因此開業十多年來，沒人敢在這兒鬧事。

這地方僅提供場所、賭具，讓賭客自己捉對廝殺，並不直接做莊與賭客對賭，只在籌碼兌現時抽取百分之五的「手續費」。

江湖流傳這賭場地底金庫裡的現金不下一家大型銀行。

自然，賭場也順便經營借貸生意，倘若賭客輸光籌碼，可以當場向賭場借錢再拚，利息只比一般信用貸款略高些，自然，借貸本身跟兌換籌碼的「手續費」依舊免不了。

「這種等級的地方，你爸爸怎麼進得來？」地瓜伏在年輕人肩上，低聲問他。

年輕人提著一袋鈔票走向別墅大門，向守衛展示了一張卡片。

守衛開門讓道。

「用這張貴賓卡。」年輕人低聲說——一般人看不見他肩上的地瓜，只有他看得到。「我爸爸以前生意做很大，那些老千看上他的錢跟地，故意弄張貴賓卡給他，把他拐來，騙光他的錢……」年輕人說到這裡，不由得咬牙切齒、眼眶泛紅。

他吸吸鼻子，並未從正門進入，而是穿過庭院，走向側面一處小門，那兒也站著幾個守衛，他向他們展示貴賓卡。

守衛點點頭，讓他進入側門。

側門廊道一側，有條通往地下一樓的樓梯，樓梯旁貼著一張像是春聯的方紙，上頭寫著龍飛鳳舞四個字——

願賭服輸

「你好像對這裡很熟？」地瓜問。

「當然。」年輕人低聲答：「報仇不用做功課嗎？我從爸爸的手機訊息裡找出那幾個騙他的傢伙，用這張卡來過這裡幾次，假裝自己是有錢人家少爺，甚至和他們賭過幾次……他們不知道我是被他們害死的那個人的兒子。」

「你們賭過喔，你輸還贏？」

「贏。」

「哇！你贏得過職業老千！」

「傻瓜……」年輕人緩緩下樓，苦笑說：「這是他們一貫的手法——先放餌，再釣魚；先讓我贏幾次，讓我嘗點甜頭，我就會帶更多錢來，甚至直接慫恿我在底下借錢。」

年輕人走進地下一樓，裡頭布置得像是酒店一樣，有寬闊大廳，也有專屬包廂。

他帶著自己用信用貸款籌措的幾十萬現金，上櫃檯兌換籌碼，還額外加碼借貸幾十萬，湊成百萬整數。

「一百萬，在他們眼中算大魚嗎？」地瓜這麼問。

「可能不算……」年輕人東張西望，像是在尋找缺人賭桌，這兒人人賭的不同，有的打麻將、有的玩撲克牌。「但我和他們約十二點，現在九點多，有婆婆的符加持，兩個多小時，應該足夠讓我變成大魚。」

他見一處麻將桌有個賭客搖頭離座，另外幾個賭客有的撫額不語、有的無奈聳肩，另一個則笑得合不攏嘴，面前疊著滿滿籌碼，看來是大贏家。

「這桌缺人嗎？」他走去那桌這麼問。

「缺缺缺。」那大贏家笑著點頭，另兩人也沒意見，他們面前還有些籌碼，像是想續戰再拚。

一小時後，年輕人面前的籌碼已經翻了三、四倍。

大三元、三暗刻、四暗刻、對對胡、混一色、清一色——這些他都贏過了，他不想太高調，引人起疑，不時故意放水輸一、兩把——天聽硬拆、自摸不胡。

直到他將三個賭客宰得一乾二淨，連先前那大贏家都垮著臉認輸投降，這才帶著價值五百萬的籌碼離席，兌換成更大面額的籌碼，方便攜帶——籌碼換籌碼倒是不用再抽手續費。

他找到了下一個目標，那兒玩的是梭哈。

他等到了空缺，入座開賭——這賭場不直接與賭客對賭，但會提供發牌員和侍應生。

十二點前，他再次起身，帶著總值四千萬的籌碼來到休息區，等待幾個老千上門。

三個老千來了，見到年輕人身旁提籃裡那些大面額籌碼，不由得目瞪口呆。

「這麼多錢？你跟家裡拿的？」禿頭老千這麼問。

「拿了一點，剛剛等你們時也贏了一點。」年輕人喝著可樂，隨口說：「我覺得今天手氣不錯，你們要小心。」

「這麼有信心吶。」「哈哈。」「今天想玩什麼？」

年輕人說：「還是玩梭哈好了，比較快，不浪費時間。」

「這倒是眞的。」禿頭老千看了看錶。「人上了年紀，熬夜大傷元氣。」

四人各自付了點籌碼，合訂一間包廂，裡頭發牌女侍年紀挺輕，手法卻十分俐落。

頭幾把牌，年輕人就贏了數百萬。

「他們現在還在放餌？」地瓜在年輕人耳邊問。

年輕人點點頭。

「等等，我去借點錢。」一個老千離座，另兩個則對年輕人的賭技讚譽有加。「你這麼年輕，牌技這麼好。」他們還調侃那發牌小妹幾句。「妹妹，看人家長得帥，又這麼有錢，發什麼牌，乾脆嫁他好了。」

發牌小妹只是微微一笑，沒有回答，但臉上微微浮現紅暈，多瞧年輕人幾眼。

兩個大叔玩笑點到爲止，這裡的常客都知道，在這賭場裡，欺負、調戲侍者的下場是很慘的。

那借錢的老千回來了，他足足借了一千萬籌碼。

他們準備要收網撈魚，一口氣拿下年輕人籃子裡的數千萬。

但十來局後，年輕人籃子裡的籌碼不但沒有減少，且增加了第二個籃子，多了兩千萬籌碼。

三個老千臉色鐵青，分別又去借了更多本金，像是要和年輕人決一死戰的模樣。

又過了十來局，年輕人腳邊的籃子增加到了四個。

三個老千再去借錢。

他們臉上的神情透露著疑惑，他們在牌桌上靠著私下約定的暗號動作通報彼此牌面，進而計算年輕人牌面機率，但年輕人總是能夠拿到機率極低的大牌。

年輕人起身，將一塊大面額籌碼遞向發牌侍者，作爲小費。

侍者微笑接下，通報其他侍者，帶著拖板車，將六籃籌碼運出兌換現金。

三個老千面如死灰，彷彿幾小時內老了好幾歲般；禿頭老千見年輕人準備離開，連忙說：

「不多玩幾把？」

「你們借了好幾次了，以爲不用還嗎？」年輕人哼哼冷笑。

「贏了就還啦。」那老千這麼說，另兩個急急起身想要攔下準備離開包廂的年輕人。

「時間很晚了。」年輕人說：「回去睡覺吧。」

「哪有人贏了就跑！」禿頭老千緊握著年輕人手腕。「多玩幾把，玩到天亮。」

「妹妹。」年輕人喊了那侍者。「這裡有規定要玩到天亮嗎？」

「沒有。」發牌侍者微微一笑，按下緊急通報鈴。「這裡只規定願賭服輸。」

三個老千見侍者按下通報鈴，嚇得立時放手。

幾個大漢已經來到包廂門前，四顧張望。

「沒事沒事，只是誤會。」年輕人微微笑著，走向櫃檯，等候籌碼兌現。

不一會兒，他接過兩只沉重大行李箱——這賭場有提供不同大小的行李箱，供某些大贏家將錢運出，自然，也是有費用的。

「小貓。」年輕人拖著兩只大行李箱，買了宵夜和貓罐頭，返回凌亂不堪的租屋處。

他邊吃宵夜，邊問大啖貓罐頭的地瓜。

「兩箱錢差不多重，你要自己挑一箱，還是找個地方打開來一張一張算？」

「我用聞的，剛好可以練習。」地瓜很快吃完罐頭，躍上兩只大行李箱東聞西嗅，咪咪喵喵地說：「五千一百二十……不對，應該是五千兩百……另一個，五千兩百三十……哼，等我學會聞錢，芋頭非要讓我當值日生不可了。」

「喔，那大貓叫芋頭啊？」

「是呀。」

「什麼是值日生？」

「是幫助婆婆招呼客人，幫婆婆聞錢，總之很威風、很好玩就是……」地瓜聞了半天，只能確定兩只行李箱裡的現金相差不多。

「對了，你做什麼工作呀？」地瓜這麼問。

「正式的還在找。」年輕人答：「平常打零工。」

「你的本錢一部分是信用貸款。」地瓜說：「你可以從要捐的錢裡挑一疊出來還信貸，婆婆的規矩沒那麼死。」

「不用了。」年輕人搖搖頭。「幾十萬而已，能幫我爸媽報仇，值得了，我很快就會找到工作，很快就會還完這筆錢。」

「有骨氣。」地瓜搖搖尾巴，表示讚許。

□

銀行一開，年輕人拖著兩只行李箱進入，填寫匯款單據，準備將錢轉入地瓜指定的社福團體；地瓜伏在年輕人肩上，看他寫完帳號，領號排隊，這才跳下年輕人肩膀，替他看著第二只大行李箱，那是地瓜待會要帶回去給符紙婆婆的尾款。

這筆鉅額匯款驚動了銀行經理，親自招來行員幫忙點鈔。

地瓜把玩著一直揹在背上的絲絨小袋裡的首飾，見年輕人終於完成匯款手續回頭走來，將小袋還他。「這袋東西還給你了。」

「謝謝你，不過……要我幫忙把行李箱拖回去給符紙婆婆嗎？」

「當然要。」地瓜說：「我這麼小隻貓，怎麼拉得動這麼大的箱子。」

「好。」一人一貓走出銀行，進入那條時光凍結的小巷弄，敲了敲符紙婆婆的小木門，將錢提入，交付尾款。

「謝謝——」年輕人誠摯向符紙婆婆深深一鞠躬，準備離去。

「等等想去哪慶祝？」地瓜突然這麼問。

「呃？」年輕人前腳踏出木門，呆了呆，回頭。

「你忘了東西。」紫灰色大貓說，用爪子指指年輕人腳邊。

年輕人低頭，見自己腳下踩著張紙，是張匯款單據。

他拾起單據，見到上頭的姓名和帳號，臉色陡然大變。

單據上的姓名和帳號，是他的戶頭——

原來他雖當著地瓜的面塡妥那張社福團體匯款單，但臨櫃辦理匯款時，卻俐落取出事先塡好的另一張匯款單——將錢轉進自己戶頭。

但他用魔術手法藏入口袋的社福團體匯款單，又被地瓜神不知鬼不覺地偷了出來，摺成紙飛機，射給銀行經理——芋頭變的。

芋頭將年輕人準備轉入自己帳戶的匯款單，掉包回他原本要轉給社福團體的那張匯款單。幫助他兌現諾言。

「你原本打算好好慶祝一下對不對？」地瓜嘻嘻笑著。「我在你家裡翻出不少酒店名片。」

「你父母活得好好的，合開一家小吃店。」芋頭淡淡地說：「你平常無業，自己就是個小老千，那張貴賓卡是你向老千朋友借的，想一口氣幹筆大的。」

年輕人顫抖起來。「所以……那五千萬……」

「眞的捐給社福團體啦。」地瓜嘻嘻笑地說：「我替他們向你道謝，謝謝你。」

「你……你們……是怎麼發現的？」

「從一開始就沒相信過你。」芋頭說。「你一走進來，我就聞到騙子的味道了。」

「那……」年輕人欲哭無淚。「我那幾十萬信貸是眞的呀！怎麼辦……」

「就去找份正經工作，努力點，很快就還完了。」地瓜說：「你自己說的呀！」

「拜託……」年輕人還想解釋些什麼，卻見符紙婆婆打了個哈欠，芋頭搖搖尾巴，木門重重關上，將他轟回小巷。

年輕人捂著被門撞出血的鼻子，呆愣愣地站在巷弄裡，發現此時巷弄與來時有些不同，沒有磚砌紅牆、沒有飄浮花葉，也沒有那扇木門，變成了一般市區裡的狹小防火巷。

他籌劃多日，忙碌一夜，得罪了幾個大老千，卻沒有得到任何報酬。

還賠上幾十萬信用貸款。

地瓜和芋頭不知道他會否因此改過自新，找份正經工作。

也不知道他會否繼續當個小老千行詐騙人。

只知道，任何人想從符紙婆婆這兒騙好處，可不容易。

遲來的年夜飯

懸在昏暗小室木桌上方那盞黃色小燈泡終年不滅。

土黃色小貓地瓜像個人似地站在木桌上，揮揚著一雙小爪子指東畫西，嘴巴嘰哩咕嚕地像是在練習演講一樣。

突然，他眼睛一亮，耳朵動了動，仔細傾聽著什麼。

跟著，他仰長了頸子，轉頭朝著後方幾座大櫃子旁一處小簾喵喵喊了起來：「有生意上門了、有生意上門了、有生意上門了！」

喵嗚——

喵喵嗚——

幾聲貓鳴，自木門外透入。

符紙婆婆搖搖晃晃地從小簾後走出，再搖搖晃晃地入座，像是剛睡醒一般。

紫灰色大貓芋頭跟在符紙婆婆腳邊，一躍上桌，往慣常駐足的位置走去，將佔著他位子的地瓜一爪搧飛，跟著優雅地舔舔爪子理理毛，這才開口。

「請進。」

地瓜在空中翻了個滾，落進大櫃子裡其中一格，生氣地朝芋頭抗議。

「讓我當一次值日生會怎樣？」

木門喀吱喀吱地開了，一名老婦人拄著手杖蹣跚地要往屋裡跨，她抬起的腳讓門檻拐了一下，身子幾乎要倒，身旁一個臉色青白的男人托住了她的胳臂，攙扶著她進屋。

芋頭眼睛亮了亮，瞅了瞅那披頭散髮、雙眼茫然的老婦人，又將視線放在老婦人身旁那臉色慘白的男人身上。

他渾身濕濡、臉色青慘死白、口唇發黑，彷如剛被從水裡撈起來似的。

他身上的水滴滴答答地落下，卻沒有沾濕房間地板。

「老阿婆，妳想求什麼符？」地瓜在櫃子裡尖喊。

「啊……啊……」老婦人擠出笑容，望著符紙婆婆，說：「妳就是……有求必應的……符紙婆呀。快過年啦，我想要我兒子女兒回家吃年夜飯呀，我好久好久沒見到他們啦……」

「向婆婆求符，要付出代價。」芋頭這麼說。

「有……有……」老婦人點點頭，翻找隨身布包，找了好久，神情開始慌張起來。「怎麼……沒有了呢？我……我記得帶著呀，難道掉在路上？不可能、不可能……我的玉鐲子，我的玉鐲子呀……」

「噫——」符紙婆婆眼睛眨了眨，盯著老婦人手腕上那華美翠綠的鐲子，嘴巴微微睜開，像是見到了喜歡的東西。

「嗯，這位老婆婆……」芋頭說：「妳說的鐲子，是不是妳手上那個？」

「啊！」老婦人這才大夢初醒，將戴在手上的鐲子摘下，恭恭敬敬地放在桌上，說：「真是不好意思，我腦袋不清楚了，什麼都搞不清楚了……這是我的鐲子，我用這鐲子來買符。」

「噫——」符紙婆婆探長了手，將玉鐲子抓起摩挲，還戴上自己手腕，高高舉起，對著昏黃小燈欣賞著鐲子上的紋路。

「這鐲子挺值錢喲。」芋頭說：「妳只想買一頓團圓飯？」

「是呀、是呀！」老婦人說：「我好多年沒見我大兒子大女兒啦，我的孫子外孫女應該都好大啦，只有我小兒子，每年陪我吃飯，但是這次我打了好多天電話，都找不到他人呀……只剩我一個人，這除夕怎麼過吶……」

「妳小兒子……」芋頭盯著老婦人身旁那臉色青慘的男人。

男人露出了淒慘的神情，從他皮膚、眼耳口鼻裡滲出的水更多了，嘩啦啦地滑下身子，卻仍未沾濕地上。

地瓜從櫃子裡蹦上木桌，想仔細瞧清楚老婦人身旁的男人，但被芋頭按著尾巴，不讓他往前。

「我大兒子跟二兒子都出國，很久沒回來了；我兩個女兒都嫁人了，我孫子外孫都長好大了，我都忘了他們的樣子了……」老婦人話匣子一開就停不下來。「還是我小兒子最好，他做生意喲，賺了很多錢喲，以前常常回來看我喲……但是……這幾年也少回來了……」

男人身上的水如雨一樣落下，他五官扭曲在一塊，像是在哭。

「妳怎麼會找到這個地方？」芋頭問。

「我……我也不知道喲。」老婦人很努力地想，卻怎麼也想不出來。「我作了個夢，夢見……夢見什麼呢？好像有人告訴我，有一個符紙婆很厲害，有求必應，什麼符都會寫，什麼願望都能實現。我想見見我兒子女兒，我包了好多粽子吃不完喲……」

符紙婆婆笑呵呵地將玉鐲子摘下，收進抽屜，跟著笑呵呵地捏起筆，寫下一張符，將符推至老婦人面前。

「謝謝、謝謝！」老婦人如獲至寶，小心翼翼地將符收起，向符紙婆婆和兩隻貓道謝，這才轉頭往外走。

濕淋淋且臉色青白的男人，也跟在老婦人身後走了出去。

小木門緩緩地關上。

「芋頭，那老阿婆旁邊的東西不是活人，對不對？」地瓜問。

「什麼『旁邊的東西』，那就是她小兒子啊。」芋頭打了個哈欠。「你剛剛沒聽他說話嗎？」

「啊！他剛剛有說話？」地瓜驚訝地說：「他剛剛不是一直在流水嗎？哪有說話。」

「有喔，他有說。」芋頭懶洋洋地說：「你聽不懂鬼語，怎麼當值日生？你還有很多事情要學。」

「他說什麼?」地瓜訝異地問。

「他還在門外。」芋頭這麼說。「你可以自己問。」

「什麼!」地瓜有些驚訝地躍下桌，來到小木門旁，拉開一條縫，探頭出去，果然見到那男人跪在門外，滿臉不知是淚還是水。

老婦人的背影猶自在曲折小巷弄遠端晃動，她走得很慢。

地瓜望著那男人，問：「你說什麼?說大聲點呀。」

「他說——」芋頭緩緩地說：「他已經死去一段時間了，但他放不下他的母親，就是剛剛那老婦人，他希望我們幫助他，讓他陪媽媽吃頓年夜飯。」

「所以他也要求符?」地瓜問：「那他帶了什麼酬勞過來?」

「他死了，但死得不夠久;道行不夠深，什麼東西也拿不起。」芋頭這麼說：「而且，他一無所有，根本拿不出値錢的東西了——他這幾年經商失敗，妻子帶著孩子離開他;他想東山再起，向錢莊借了幾筆錢，結果生意沒有起色，他被錢莊逼得受不了，只好跳海自盡。」

「啊!」地瓜有些驚訝。見男人嘴巴微微張闔，轉頭望芋頭。「這是『鬼語』?就這樣啊嗚幾下，可以講這麼一大串東西?這誰聽得懂?」

「這一大串話，是他剛剛在房間裡邊哭邊說的——那張符，其實是婆婆寫給這男人的——

因爲是他指引他母親找來這個地方，剛剛那老婦人的玉鐲子，算是他母子倆共同提供的酬勞。」芋頭淡淡地對地瓜說：「你聽不懂鬼語，從頭到尾搞不清楚狀況。現在知道『値日生』可不是隨隨便便就能當的了吧。」

「哼！你了不起！你了不起！」地瓜不服氣地蹦出門，來到男人身邊對他說：「走吧，你陪我多說幾句話，我也要學會鬼語。」他往前走了幾步，回頭見男人還跪在門前，便說：「起來呀，你不是想回家吃年夜飯？」

男人聽地瓜這麼說，仍持續跪著，直到芋頭緩緩步出小門，這才站起身來，跟在芋頭身後，緩緩地走。

「幹嘛，你出來幹嘛？你不是値日生嗎？」地瓜見芋頭出門，嘿嘿地說：「你怕我學會鬼語，搶走你的座位，開始緊張了對不對？」

「婆婆這次派我出馬，你想跟著我見習也行，最好學快點。」芋頭冷冷地說：「我還眞想多個値日生代班呢。」

他們很快便跟上了老婦人的腳步。

一步一步地往她家走去。

來到一處不大不小的公寓一樓，四周圍了些鄰居。大夥兒一見那老婦人，都露出詭異的神情。

有些人紛紛退開了老遠，也有兩、三人圍上老婦人。

其中一個中年婦人左顧右盼地遞上一袋東西，是些家常菜餚；又有一個年輕婦人也遞上一只小袋，裡頭有麵包和雞蛋。

地瓜和芋頭望著老婦人家大門和牆壁上的紅漆字跡，又望了望一旁濕淋淋的男人臉上流露出的淒慘樣子，知道那是地下錢莊的傑作。

老婦人提著麵包、雞蛋和那些飯菜，想要向熱心鄰居道謝，但她卻記不住他們的名字，甚至認不出他們到底是誰，她只好說：「你們有見到我兒子回來嗎？」她見那給她雞蛋的年輕婦人臉蛋紅潤，一雙眼睛又大又亮，便問：「妳回來啦？那我兒子呢？他怎麼沒跟妳一起來？」

她覺得那婦人有點像是她兒媳婦。

但是她不記得兒媳婦叫什麼名字，也不太記得兒媳婦的樣子。

「不是不是，妳兒子她⋯⋯」年輕婦人像是想說什麼，但卻開不了口。

老婦人兒子跳海這件事情，附近街坊都知道了。

本來定時來照料老婦人的社工，因爲太過熱心的緣故，被錢莊小弟打爆了頭，如今還躺在醫院。

當天報警的那戶鄰居，鐵門欄杆上被塞滿了紙錢，整家嚇得躲到了外地避避風頭。

附近街坊都知道那些惡人還會再來。

到時候他們會再做出什麼事，誰也不敢保證。

整條小巷子裡，唯獨老婦人像是什麼都不在意似的，儘管她當時被闖入屋裡的那票凶神惡煞嚇得魂飛魄散，儘管她被推了一把跌出一身瘀青，儘管她被揪著頭髮在家中翻箱倒櫃尋找值錢的東西——但她一覺醒來，什麼也不記得。

不記得，當然不害怕。

她腦袋裡記得的東西，就是她小兒子好像對她說要回來吃年夜飯，她得盡早準備點菜餚。

她笑得好燦爛，領著地瓜和芋頭走進家裡。

關上門，室內一片凌亂。

男人攙扶著老婦人跨過滿地垃圾往屋內深處走，老婦人不知道身邊小兒子的存在，卻又將他隱隱約約的指示當成自己某種直覺。

「大貓小貓，你們喝不喝養樂多呀……」老婦人拍了拍家中神桌上幾罐作爲供品的養樂多上的香灰，從包包中取出那張符紙，跟著來到神桌正前方，取了打火機將符點燃，對著神桌上的神明像拜了幾拜。符紙燃出一陣七彩光輝，在神桌上繞了幾圈後，浮上天花板，彩光化爲零星碎點，像是天上的星星般隱隱發亮。

「婆婆的符好美呀……」老婦人遞了罐養樂多給地瓜，仰頭望著天花板那點點星光。

「芋頭，貓可以喝養樂多嗎？」地瓜接過養樂多，轉頭問芋頭。

「一般的貓少喝吧，太甜了。」芋頭說。

「可是我不是一般的貓。」地瓜揭開封皮，像人似地捧著養樂多仰頭灌飲，邊喝還邊喵叫著：「酸酸甜甜的，好喝！」

「唔……」地瓜喝了幾口，突然嗅到一股酸臭氣味，他呆了呆，四顧看了看。

那酸腐的氣味從廚房方向傳出。

老婦人正搖搖晃晃地走入廚房，她那小兒子站在廚房門邊，哀悽地望著母親的背影。

芋頭跟了上去，只見老婦人笑嘻嘻地處理著流理台上的材料。

廚房裡擺著堆積如山的食材，有新鮮的，也有腐臭的——失智的老婦人每天都上菜市場買年夜飯食材，每天都煮新菜；新的舊的、煮過沒煮過的，全堆在廚房裡。

老婦人一點也沒察覺這幾天廚房裡的年夜飯菜很多都壞了。

她每天醒來的第一個念頭，就是要過年了，她要做滿桌菜，等小兒子回來陪她吃頓年夜飯。

但她不知道的是，現在快三月了，農曆年早過了。

芋頭望著老婦人用那雙不靈敏的手清洗、處理一些新鮮或腐敗的食材，一面對著他說起過往兒子女兒和她那早死丈夫的故事。

地瓜喝完養樂多，跟進廚房，聞到那濃厚腐敗食材、菜餚的氣味，忍不住掩著口鼻低聲對芋頭說：「媽呀，好臭呀……她老糊塗了？不知道這些菜都壞了嗎？」

「她要是腦袋清楚的話，她兒子又怎麼會指引她來找婆婆幫忙？」芋頭只這麼說。

地瓜正想說什麼，回頭見男人臉色蒼白地站在廚房外，身子淌下的水漸漸少了，似乎多了幾分人氣——

且身上隱隱透著光點，與滿室天花板上的星點互相輝映。

婆婆的符生效了。

「媽，我回來了。」男人抹去臉上水漬，跨過兩隻貓，踏入廚房。

「哎呀，你這麼早回來，我菜還沒準備好呢！」老婦人見到兒子，驚喜大笑。「怎沒帶你太太回來……」

「我要她去買點東西，等等才來……」男人緩緩地說：「大哥、二哥、大姊，晚點都會來。」他一面說，一面來到流理台，替母親處理起那些食材。

「什麼，他們也回來啦！也要來吃年夜飯？」老婦人眼睛閃閃發光，淚水在眼眶裡打轉。

「怎沒通知我一聲。」

「有呀。」男人苦笑說：「可能妳忘記了。」

「是呀……最近好像很多事記不住，像是……我都忘了你太太的名字啦，她叫什麼來著？」

「她叫——」男人答。

地瓜聽了一會兒，滿腹困惑，低聲問芋頭：「婆婆剛剛寫的符，能夠讓他哥哥姊姊突然趕回來吃飯？但是……這些菜……」

「就說你不懂鬼語。」芋頭說：「他剛剛早說得一清二楚了，婆婆自有安排，等等你就知道了。」

「什麼，你們到底講了什麼呀？」地瓜纏著芋頭追問。

芋頭偏偏不說。

太陽漸漸下山了，男人簡單收拾了餐桌，幫老婦人端著一道道菜餚上桌——

「天都要黑了……怎麼你大哥他們還沒來呀……不是說他們回來了嗎？」老婦人這麼問。

「可能路上塞車……」男人淡淡地答：「再等一下吧……」

「是呀。」芋頭舔舔爪子，尾巴轉了轉。

天花板上密密麻麻的五彩星點旋動起來，彷如星雲，隨著芋頭尾巴指揮，流溢下來，縈繞整張餐桌，在老婦人與男人身上盤旋一陣後又飛開。

男人呆了呆，見到滿桌臭湯腐菜變成滿漢全席，香味四溢。

老婦人也發覺菜變得更好了，主動替男人舀了碗雞湯，說：「兒呀，你餓的話……先喝碗雞湯呀……」

地瓜望著那碗發臭雞湯，用爪子推了推芋頭。「不對吧……婆婆這張符，能讓他們……吃這些壞掉的菜？」

「放心，有婆婆的符加持，這些東西吃下肚去不會傷身。」芋頭這麼說，轉頭對地瓜道：「你想吃的話，我也加持你一下。」他搖搖尾巴，指揮星點彩光往地瓜罩來。

「不用。」地瓜避開，搖搖頭說：「我不餓。」

即便符紙婆婆這符能護體，還能讓人讓貓嚐得美味，但畢竟他看過那些腐爛食材、發霉羹湯，此時可一點胃口也沒有。

男人倒是一點也不介意，端起碗來喝了一口，咬了幾口雞肉，說：「好久沒喝媽煮的雞湯了，還是跟以前一樣好喝。」

「你喜歡的話，以後常常回來呀，我煮給你。」老婦人笑著說，又問：「怎麼你這兩年都不來看媽啦？」

「我……」男人一下子不知道如何回應，只聽見屋外傳來一陣叫囂聲——

「上次說的錢準備好了沒？」「沒錢就用這間房子抵喔。」「臭老太婆在不在？」

「啊！」老婦人眼睛閃閃發亮，站起身來——

縈繞在她周身的星點光芒，改變了她看見和聽見的一切。

一個平頭刺青男人領著一批討債小弟上門，見到老婦人立時圍上去，然後又退開，愕然望著滿桌臭湯腐菜。「這桌什麼鬼東西？」「好臭！」「她瘋了嗎？」

「媽，對不起，好久沒來看妳了。」

「快叫奶奶呀。」

「奶奶！」

「媽，這是我第二個兒子，也長好大了。」

老婦人耳朵裡聽見的，全是這類問候話語，她欣喜地招呼大夥兒坐下吃飯。「來來來，大家坐下，哎喲，我年紀大了，常忘東忘西，大媳婦二媳婦誰是誰我都忘了……」

「我操妳媽個頭，誰要吃這些狗屎，我們是來收錢的！」

一個小弟搶在大哥面前對著老婦人叫囂，伸手就要去掀餐桌——

但下一刻，那小弟感到自己的雙手失去了力氣，且一屁股往圓凳坐下，乖乖端起碗、拿起筷子。他駭然大叫，不明白自己的手腳爲什麼違逆了意願。

包括帶頭討債大哥在內的十幾個男人，全和那叫囂小弟一樣，一個個乖乖坐下，端碗挾起菜來。

大夥兒驚呼連連——

「別急別急，大家儘管吃。」老婦人好久沒體驗這團圓氣氛了，哈哈笑地招呼著圍了滿滿一桌的「兒子女兒」和「孫子外孫」。

「媽呀幹！誰要吃這鬼東西！」

「嘔嘔嘔！」

「好臭！」

討債混混們駭然地挾菜、驚恐地入口、痛苦地咀嚼、含淚下嚥——

婆婆的符力效用只讓老婦人體驗一頓子女團圓的年夜飯。單獨只有小兒子稍嫌冷清，因此其他兒孫，就由這些討債惡棍們飾演了，至於他們的胃腸、口舌、觀感，都不在婆婆符力保護範圍內。

此時他們驚駭叫罵的言語、作嘔硬吞的聲音，聽在經符力加持過的老婦人耳中，都變成一句句讚美、一聲聲懷舊談天。

「咦！」「等等，你……你不是已經……」討債惡棍中，漸漸有人能夠看見老婦人身旁那個渾身濕透的男人——他們眼中的男人，和老婦人眼中的小兒子，在外貌上也有些分別。

他們看見那個被他們逼迫跳海的男人，全身濕漉漉地不停滴水，臉色青森慘澹，雙眼透著怨氣。

大夥兒一下子明白了什麼。

男人被逼到跳海，他們討不到債，來騷擾他失智老母親，那男人來保護他母親了。

「我懂了！你的債一筆勾銷，好不好？我們不會再來騷擾你媽了，行不行？」

「嘔嘔嘔……」

「我不要吃了！」

「哇，有蛆呀！」

眾人驚呼尖叫連連，老婦人見氣氛熱絡，紛紛替大夥兒盛湯添飯挾菜，一面問著她那孫子、外孫女課業如何，儘管大夥兒吼出口的不是髒話就是求饒，但聽在老婦人耳裡，當眞像是被兒子女兒乖孫圍繞著閒話家常般。

「嘔……」地瓜不忍卒睹眾人吃年夜飯的模樣，背過身去乾嘔。

芋頭望了望時鐘，目前八點三十分，這場年夜飯，還會吃很久。

吃完年夜飯，大夥還要幫忙老婦人把家打掃乾淨才准離開。

由於老婦人付給符紙婆婆的玉鐲子挺珍貴的，男人可以繼續在老婦人面前露面，陪伴老婦人很長一段時間。

自然，在那票討債惡棍離去前，男人也會記得「叮嚀」那帶頭老大幾句，叫他們別再來了，否則下次就不是吃「年夜飯」這麼簡單了。

阿花

青翠草坡幾棵高聳參天的大樹上，蓋著一座座大大小小的樹屋，樹屋與樹屋間有木梯、樹枝相連，像是一個小型社區。

有些樹屋裡架著大小跳台和格櫃，格櫃裡窩著大貓小貓；有些樹屋則像是凡人居所——這一間間樹屋都是符紙婆婆那一老一少木偶僕人建成的。

木偶僕人是一對祖孫。

此時木偶祖孫倆有說有笑地替小貓地瓜那座落在大樹最高處的豪華樹屋陽台旁，增建一座高聳瞭望塔，讓地瓜可以攀上比大樹還高處，窺視世間各種快樂和悲傷。

地瓜窩在他專屬樹屋裡某處小吊床上睡得正甜，突然像是察覺到什麼一般，睜開了眼睛。

他蹦下吊床，蹦出樹屋，三兩下彈跳下樹，躍過一處生著鮮花的小丘，那小丘花叢中斜斜插著一片小木板，上頭寫著歪七扭八的字——

笨蛋老阿黃的家

地瓜奔過草坡，穿過小小的紅磚牆洞，來到那時光凍結的巷子，鑽入對面小木門縫隙，來到符紙婆婆工作的昏黃小屋裡。

此時符紙婆婆和芋頭不約而同地望向牆面老櫃上一盞黯淡小燭台。

燭台上一長一短兩支小燭，長燭剛熄不久，飄著淡淡殘煙，短燭火光黯淡微弱，像是隨時要熄。

「老阿婆走了？」地瓜攀上老櫃頂，嗅了嗅那盞小燭台。「怎麼阿花的蠟燭也要滅了？」

「說不定老主人在家裡出事送醫，他沒人照顧，又或是嚇著了──畢竟他也老了。」芋頭點點頭。「去接他吧。」

「好。」地瓜點點頭，鑽出門縫，喵嗚幾聲，領了三隻貓同行。

他們走出那條時光凍結的小巷弄，往目的地前進──他們列隊整齊，途中難免引起愛貓的女孩們的目光，地瓜也毫不介意地任由她們撫摸調戲。

四隻貓來到一處市集旁公寓一樓人家門前，這鄰近樓房屋齡不新，但地段好、人潮多。

「阿花──」地瓜喵喵叫起：「時間到了，我們來接你了，跟我們走吧。」

他喊了幾聲，等待半晌，令三隻跟班貓左右散開，分頭去找阿花。

阿花是隻十來歲的三花老貓，在一、兩個月大的時候便和母貓走失，流落街頭，被野狗咬瘸了腳，還因為感染瞎了一眼。

那時獨居的老婦人救出了躲在牆縫、躲避野狗追襲的阿花，帶他看了醫生，還收養了他。

阿花陪伴老婦人很長一段時間，直到老婦人覺得自己身體漸漸不行了，便帶著首飾找上符紙婆婆──她要求的不是符，而是請求婆婆在她過世之後，能夠收留阿花，讓阿花平安終老。

婆婆還是寫了張符給她，讓老婦人燒了符，用符火點燃兩支小燭。

其中一支代表老婦人壽命，當燭火將盡時，便是地瓜去接阿花的時候；另一支小燭，則是阿花的壽命——畢竟老婦人過世時，未必在自家，很可能是醫院，阿花或許會無人照料。

令地瓜困惑的是，老婦人的燭火這兩個月漸漸黯淡，但阿花那支燭，到昨天爲止，都還正常燃亮，一夜之間卻快速微弱，像是突然生了病或是出了意外般。

喵嗚——喵嗚——

地瓜循著幾聲跟班貓鳴，在一條不起眼的水溝裡，見到奄奄一息的阿花。幾隻跟班小貓協力將阿花從水溝裡救出——他四肢都斷了，胸肋幾處也像是遭人蓄意擠壓般斷折。

地瓜將一顆粉紅圓糖塞入阿花口中，阿花這才漸漸恢復體力，四肢和胸肋斷骨漸漸接合，各處傷勢都緩緩復元。

阿花一跛一跛地站了起來——地瓜餵他的這顆圓糖只治癒了他的新傷，十餘年前就被野犬咬跛的前足和感染瞎去的右眼仍然維持原狀。

「你主人拜託婆婆在她走後收養你終老——」地瓜喵喵地向阿花解釋當前狀況。「當然，如果你願意的話，也可以選擇加入我們，替婆婆做事，或是選擇平靜離開——不過不管你怎麼決定，暫時還是跟我們走吧，至少有東西吃。」

地瓜說完，轉身領著跟班要替阿花帶路，隨口問：「不過你怎麼會傷成那樣呀？你碰到壞蛋？」

阿花靜靜站著，並沒有跟地瓜走。

地瓜停下腳步，催促阿花。

阿花喵嗚幾聲，像是拒絕地瓜的提議、不願跟地瓜前往婆婆住處，地瓜困惑地轉回，咪咪喵喵地向阿花詢問原因——

半年前，老婦人身體漸漸差了，帶著報酬找上符紙婆婆幫忙，求婆婆在她身故後收留阿花。

在那同時，老婦人某位遠親婦人可憐兮兮地找上門來，稱自己貧困多年，房東突然要賣屋，臨時難找房子，盼望老婦人暫時分租一間房給她；老婦人心想自己年邁，家中多個人照應也好，本來不打算與她簽約，甚至不收她租金，只要她偶爾幫忙打掃、購物、煮食即可；但那遠親堅稱不佔她好處，執意與老婦人簽了份正式分租契約，且按規矩付押金和房租。

最初幾週，遠親像是照顧至親般無微不至地照顧老婦人，不久之後，她開始遊說老婦人與她換約，她想租下整間房子——她想將這房子改建成店面做生意。

老婦人拒絕了，她聲稱早已決定在身故之後，將房子捐給一個社福單位，作爲受虐兒收容中心——老婦人體力尚可時，也是那機構的義工，且早已立下遺囑。

遠親婦人不死心，稱這兒地段好，開店做生意肯定生意興隆；賺到了錢，一樣能夠金援那社福機構、幫助孩童。

老婦人仍然拒絕這提議。

那時，遠親婦人只是笑咪咪地說「再說再說」、「不急不急」。

又過了幾週，遠親婦人聲稱手扭著了，自行貼了膏藥，將不知哪交到的男友也喊來老婦人家中同住，說是多個人手做事方便。老婦人雖覺得有些不妥，卻也難以推辭——一來遠親手上裹著紗布，堅稱真傷了，二來遠親承租那間房可是立有正式契約，契約上也沒禁止她帶人同住。

遠親男友起初客氣幫忙照料老婦人起居，跟著也開始幫忙遊說老婦人改變心意，將這房子裝潢開店。

老婦人還是拒絕。

終於，遠親情侶失去耐心，對老婦人和阿花不那麼客氣了；他們仗著租約，開始呼朋引伴來屋裡喝酒、成日喧囂。

老婦人這才發現自己引狼入室。

她後悔已經來不及了，起初她拜託相熟鄰居，在遠親情侶半夜吵鬧時報警處理，但那兩人像是早有準備，警察一來，立時嬉皮笑臉、乖巧解散，警察一走，再繼續威嚇。

他們開始逼迫老婦人修改遺囑，將房產讓給他們，老婦人不從。

他們會故意在老婦人睡著時大力關門，刻意在老婦人平時飯菜裡添辣加鹽，阻塞馬桶之後又無故失蹤幾天。

老婦人不是沒想過解約趕人，但那遠親婦人一會兒說自己認識律師、一會兒說自己認識黑道，要打官司她多的是時間跟老婦人耗。

遠親婦人開出了條件，聲稱只要老婦人修改遺囑，將房子過戶給她，他們開店賺了錢，會定期捐獻給那社福機構，也會繼續照顧她和阿花；但如果老婦人不從，他們不但會變本加厲大鬧，還會找機會宰了阿花餵狗。

老婦人屈服了，在遠親婦人自己找來的代書處理下，滴著眼淚簽字，將整間房子過戶給遠親婦人。

但遠親情侶並未實現原本的承諾，正式取得房產的他們不但不照顧老婦人起居，每日對她大呼小叫，三餐像是餵狗般，在老婦人用餐鐵盆裡倒些冷飯剩菜。

漸漸地，老婦人腦袋也不清楚了，每日躲在房裡抱著阿花呢喃度日，要阿花別害怕，說婆婆就要來接他了。

不久之後，老婦人患了感冒，久久未癒，遠親情侶也不理不睬，直到有天發現老婦人失去意識，才將她送醫。

老婦人在清晨時分斷氣。

遠親情侶在得知老婦人過世時，擊掌歡呼，他們甚至不願意去醫院替老婦人處理身後事，而是提著大垃圾袋，去老婦人臥房準備扔垃圾了。

包括阿花。

阿花狠狠咬了男人一口，被男人扭斷四肢、揍了幾拳，像是扔垃圾般扔出窗外。

阿花在狹窄的破巷裡蠕動著，迷迷茫茫地想爬回老婦人身邊，卻跌進水溝中，在將死之際，被地瓜帶著小跟班找著。

「你不跟我走，那想幹嘛？」地瓜喵喵詢問半晌，這才明白阿花不想讓那遠親情侶得逞；他想將他們趕出那間房子，那是老婦人打算捐予社福機構、收容受虐兒童的房子，是他與老婦人相伴十餘年的家。

「婆婆只給了我一顆糖，只能救你這次。」地瓜解釋：「你再去惹他們也打不贏啊……」

阿花無所謂，像是已經下定決心。

即便最終或許會失敗。

但他仍想替老主人做些什麼。

至少他盡力過了。

「這樣好了，我有個想法……」地瓜見阿花心意已決，想了想，喊來了個跟班，那是隻白貓。他要白貓背過身去，挺起屁股。

地瓜探著身子，揮爪自水溝裡撈了點溝泥，抹在阿花爪子上，對他說了些話。「你願意的話，我請婆婆幫你。」

阿花望著滿掌溝泥，往白貓屁股上一按。

像是畫押、像是蓋印。

跟著，地瓜帶著幾個跟班，與阿花對了對掌，帶著跟班走入巷弄深處。

阿花望著地瓜遠去的身影一會兒，轉身繞回老婦人家正門，遠遠望著在屋中翻箱倒櫃的遠親情侶倆。

男人瞥見門外的阿花，氣沖沖地拿著掃把出來要打他。

阿花一溜煙跑得遠了——婆婆那顆糖不僅治癒他的新傷，也稍微令他體力充沛些，此時的阿花好像年輕了幾歲，雖然一眼仍是瞎的、一足仍是跛的，但要躲過男人追打，倒也足夠了。

阿花繞進後巷，躍窗潛入屋內，躲進陰暗櫃後，偷偷觀察那遠親情侶的動靜。

兩人清光老婦人臥房的垃圾，天還沒暗，就已買妥酒菜，一面慶祝老婦人歸西，一面商量開店賣些什麼。

他們從下午暢聊到午夜，東倒西歪地躺在沙發上呼嚕大睡。

阿花這才從陰暗處爬出，像隻獵豹般往男人走去，他咧開嘴，露出一嘴小牙，他不知道自己能否給出致命一擊，但他知道自己這一口咬下去，除非男人將他腦袋捏碎，否則他絕不鬆口。

就在他動口前一刻，一隻小爪自身後來，揪住了他尾巴，將他拉退幾吋，讓他一口咬空。

阿花呆然回頭，是地瓜回來了。

「婆婆答應幫你了。」地瓜這麼說：「但你得忍耐一陣子，因爲你那張老嘴巴咬不死他，只會嚇他一跳，然後他會痛打你一頓、會把你腦袋踩扁掉。」

阿花似懂非懂地聽著地瓜策劃的計畫。

雖然他和地瓜不熟，但跟著老婦人的最後一段時間裡，老婦人時常對他提起婆婆；地瓜代表婆婆而來，且和他擊掌結盟，他知道地瓜是夥伴，是來幫他的。

他同意放棄今夜的猛襲計畫，只在兩人床上拉了堆屎。

地瓜也幫忙拉了一坨。

阿花有些嚇呆，地瓜那坨屎比狗屎還大坨。

□

三個月後，老婦人這一樓舊宅已和先前大不相同。

牆面重新粉刷，多了個小吧台和一張張桌椅，還有一座小舞台，房間則改成包廂——遠親情侶將老婦人這舊家裝潢成卡拉ＯＫ酒館，如果有客人看上陪酒小姐，也可以直接帶入小包廂裡加購其他服務。

今日是這卡拉ＯＫ酒館開幕第一天，遠親情侶興奮地在店外掛上攬客布條、擺上慶賀開幕花圈，來客八成都是他倆過去的魚肉酒友和地方角頭，連續三天，特價招待。

劈里啪啦的開幕鞭炮聲響了老半晌。

「請進請進！」

遠親情侶揚手開門，招呼聚集在外的新朋舊友——

「五折五折，今天五折！」大夥兒擁入酒館，各自找位子入座，遠親情侶爲了營造聲勢，特地在店內額外擺了許多塑膠凳，以容納更多客人。

先擁入的舊友搶得小舞台前較近的好位子——據遠親情侶說，今日有火辣歌舞秀；後進來的新客人則坐得遠些。

「什麼今天五折，今天免費，不收錢，純招待！」遠親情侶大方領著剩餘還沒找著位子的客人入座——他們無償繼承了這間屋子，還幸運地找著管道，尋得便宜裝潢施工團隊和酒水供應商。

客人面面相覷，漸漸感到有些不對勁。

首先是裝潢——整間房子牆壁雖然重新粉刷，有些角落還畫上壁畫，但圖樣卻是些可愛公仔、小動物，看起來跟卡拉ＯＫ酒館有些格格不入。

再來，桌子太矮太窄，像是小學生課桌椅，五、六個中老男人圍著一張小桌，氣氛極怪。

整場穿梭替客人遞杯開酒的七個妖嬈女侍，年紀加起來超過五百歲；小舞台上則擠著幾個持著嗩吶的老頭。

「……」賓客們一片寂靜，跟著開始有些老友吆喝起來：「幹嘛啦？這是在開玩笑嗎？有好康的別藏起來，快拿出來啦！」

「什麼開玩笑？」遠親情侶一時還不明白老友那話是什麼意思，也不明白賓客氣氛冷淡的原因，還以爲大家在外等得餓了，連忙催促女侍上菜。

熱炒菜餚還沒上桌，有些急著喝酒的客人紛紛吐了。

那些貼著ＸＯ標籤的白蘭地瓶子裡，裝著的根本不是白蘭地，甚至根本不是酒。

是貓尿。

更多人端酒入口、唾罵嘔吐；一道道熱炒上桌，賓客更加驚駭騷動——

熱炒蟑螂、貓沙拌飯、貓尿燉魚湯、三杯荔枝椿象、川燙雜草、水溝泥豆腐……

音樂乍響，小舞台上的嗩吶老頭們奏起喪禮樂聲，透過音響，響亮全場播放。

「大家怎麼了，別客氣呀！」遠親情侶還不明白賓客間的騷動怎麼回事，依舊熱情招待。

「幹！你耍我啊！」賓客中一個與遠親情侶本來有點交情的地方角頭，喝了口貓尿，氣得領著小弟哄罵起身，對著情侶男人鼻子就是一拳，暴怒離去，小弟們圍著男人一陣拳打腳踢後，也紛紛跟著大哥離去。

賓客們騷動起來，有的邊吐邊搶著擠出門，有些熟識老友朝著遠親情侶嚷嚷叫罵。「你們瘋了嗎？」「到底搞什麼鬼？」

「怎麼了？大家怎麼了？」遠親情侶起初一頭霧水，直到最後一個賓客離去之後，才驚覺店內裝潢、樂聲、侍者，和他們想像中截然不同。

「怎麼會這樣？」兩人望著幾個端菜上桌的陪酒女侍和舞台上的嗩吶老頭陣，驚怒地說：「你們誰啊？誰請你們來的？」

「老闆娘，是妳請我們來的呀。」女侍有些無奈，有些捧著貓屎菜的剛將菜放上桌，也捏著鼻子退遠，有些甚至也吐了。「要不是一天一萬三，誰要做這鬼工作？」大嬸女侍這麼抱怨。

「一天一萬三？」遠親情侶叫罵起來：「見鬼了，滾滾滾！」

「滾就滾。」大嬸女侍團和嗩吶老頭們聽情侶下逐客令，皆鬆了口氣，紛紛逃離這瀰漫著貓屎貓尿臭味的惡臭酒館。「反正錢都拿了。」「怎麼會有這麼怪的老闆？」

「什麼？」遠親情侶無言相對，聽見廚房還有熱炒聲音，急忙趕去看送出這些菜的究竟是哪個大廚——

廚房裡，舉著大鑊炒菜的，是隻土黃色小貓。

地瓜。

一旁還跟著幾十隻貓幫忙備料，地上堆著一盆盆貓沙、貓屎尿、蟑螂椿象、雜草石頭，有些貓兒四處追逐那些企圖逃跑的椿象和蟑螂。

阿花在廚房門旁高處小櫃上埋伏已久，見男人進來，撲下朝著他臉上就是一爪，然後一溜煙跑遠，不給他還手機會。

「哇！這些貓怎麼回事？」「是你們把我房子弄成這樣？」

遠親情侶氣炸發飆，抓著掃把趕貓。

地瓜一聲令下，群貓立時四散逃逸，與兩人在整間酒館玩起躲貓貓，跟著一隻隻溜出房外，消失無蹤。

遠親情侶倆呆愣好長一段時間，都不明白發生了什麼事，他們冷靜下來，取出手機調閱記錄，接連撥給裝潢團隊、酒水供應商，通通都是空號。

這是婆婆的幻術。

三個月來，和他倆接洽的「管道」，都是婆婆派貓假扮，地瓜拿著婆婆的符迷惑了遠親情侶，哄騙他們抵押原有住家，借錢請人裝潢店面——

在幻術效力下，情侶給裝潢包商高額費用，卻以爲自己撿到便宜。裝潢包商雖然覺得裝潢風格奇怪，但遠親情侶酬勞給得大方，他們也樂意開工；陪酒大嬸們領的是高額日薪，來到店裡發現端的是一道道怪菜也只能硬著頭皮出餐，聽遠親情侶趕人，也無所謂。

遠親情侶抵押舊屋，花了不少錢，裝潢得古古怪怪，囤積了大量瓶裝貓尿，也得罪了本來有點交情的角頭大哥。

他們花了好幾天，仍搞不清楚狀況，一時手足無措，只當那老婦人死不瞑目，怨魂回來向他們報仇了。

然後，他們接到當日那角頭大哥的恐嚇電話，要他們爲那天開幕給個交代。大哥開了個價，遠親情侶極不樂意，但又不知如何是好——角頭大哥知道他們舊家，也知道這店面位置，他們如果跑路，本來規劃的生意就全泡湯了。

但就算要改過裝潢、重新來過，又要花上好一筆錢。

就在他們苦思對策時，一個穿著灰色西裝的俊美仲介找上門來，說是有個青年客戶想創業開咖啡廳，看上這房子地段不錯，詢問遠親情侶有沒有意願出售。

仲介開了個漂亮價錢。

遠親情侶想也不想，點頭答應。

他們現在已經毫無開店意願了，只盼脫手這怪異鬼屋。

「不過……」灰西裝仲介和遠親情侶約定了看房時間，捏著鼻子說：「不過，你們恐怕得稍微整理一下，至少這味道……」

即便距離開幕過了數日，但當時那屎尿氣味還充斥整間房，一箱箱貓尿還堆在包廂和廚房裡。

「一定一定。」遠親情侶連連點頭。「我們會請清潔公司好好整理一下。」

「嗯。」灰西裝仲介提醒。「裝潢不用改，年輕人想開的是親子咖啡廳，這些小桌小椅都可以留著……吧台跟舞台可以拆掉，工程費他會出，他的施工團隊已經準備好了，到時候一成交就直接開工裝潢。」

「是是是！」遠親情侶收下訂金，連忙請了清潔公司，將那些貓屎尿全清了乾淨，也拆了吧台和表演舞台——

塗著壁畫的客廳，擺著一張張小課桌椅，活像間幼兒園。

灰西裝仲介領著土黃西裝富少在約定日期，帶上現金前來簽約交屋。

遠親情侶親自驗了那兩皮箱現金，雖覺得用現金購屋也太闊綽，但富少提出的理由倒也讓他們信服——

「這些錢其實是我家長輩出的，我家長輩做偏門生意，錢走銀行會留下記錄，派我當人頭買店面開親子咖啡廳，聘個店長隨便經營一陣子，中間賠錢也不要緊，過兩年後再轉手，這筆錢就洗乾淨了。」土黃色西裝富少這麼說。

「聰明、聰明！」遠親情侶接過現金，簽約成交，急忙聯絡上先前得罪過的角頭大哥，說那時腦袋不清楚，和大哥約定了今晚要擺桌賠罪酒，然後奉上大哥要求的那筆賠罪金。

兩人提著裝錢皮箱返回已經抵押給銀行的舊家，卻見到家中狼藉一片，滿地貓屎貓尿，沙發、床鋪，各種可以破壞的電器全都被毀壞到無法使用的程度。

他們揭開兩只現金皮箱，只洩出一堆使用過的貓沙。

沒有一張鈔票。

他們緊急撥了電話給那仲介和富少，電話是空號，無人接聽。

他們氣急敗壞地返回老婦人住家，想奪回房產，但只見那一樓空屋附近聚集著大小貓群。

一隻紫灰色大貓聳立高處，身旁跟著一隻土黃色小貓，和那被遠親婦人男友折斷四肢扔掉的阿花。

他們一靠近老屋，芋頭便揚起尾巴在牆上鞭了幾鞭，無形波浪震來，令他們如遭電擊般被釘在原地動彈不得，跟著聽見一聲聲貓喝聲遠遠逼近，一隻隻貓兒衝來，對著他們又扒又咬好一陣，聽見地瓜號令，這才退遠。

遠親情侶本不死心，但接連幾次往前，身上爪痕齒孔越來越多，這才徹底死心，狼狽逃回舊家，挑出幾件堪稱完好的破衣，準備跑路躲避那角頭大哥了。

阿花則會在幾隻貓陪伴下，繼續看守老婦人這間房子一段時間，直到確定風平浪靜，再請託芋頭像當時化身仲介般化身律師，持著婆婆用符畫出的新遺囑，探訪那社福團體，完成老婦人的遺願。

夜深人靜，阿花瞪著獨眼，在街燈下望著自己那多年前便跛了的爪子。

當時他按在白貓屁股上的泥掌印，等同和婆婆簽下契約，等實現老婦人的遺願之後，他會隨地瓜回去那時光凍結的小巷子裡，住進樹屋，與群貓為伍，排班替各式各樣的人帶路。

也算是實現老婦人當初的求符心願。

貓眼

「喵。」地瓜在符紙婆婆懷裡仰起頭，像是察覺到踏進老朽木門外那時光凍結小巷弄的來人。

他從婆婆懷裡蹦上桌，又蹦到小木門邊，閉起眼睛，透過門縫深深吸氣。「哦，臭臭的……芋頭，我跟你打賭，這次來了個白痴，一個想求張白痴符的白痴……」

芋頭懶洋洋地伏在大木桌上，搖了搖尾巴，打了個哈欠，也沒應話。

叩叩叩——

三聲脆響自木門外響起。

「請進。」地瓜退離門邊，讓那戴著眼鏡的年輕人推門進來；年輕人拿下後背包放上木桌，恭恭敬敬地向符紙婆婆鞠了個躬，問：「您就是能夠替任何人實現任何心願的符紙婆婆？」

「向符紙婆婆求符……」芋頭側躺在木桌角落，似乎連站直身子都懶。

「要付出代價！」地瓜搶著在年輕人腳邊嚷嚷喊著：「你帶了什麼來？你要求什麼符？」

「我想要一個——」年輕人神祕兮兮地揭開背包，取出一本筆記本和一枚小零件。「能夠看穿一切的貓眼。」

「貓眼？」地瓜呆了呆，一躍翻上木桌，搶過年輕人手上的小零件左右翻看，那東西約莫彈珠大小，前後都有玻璃鏡片——那是裝在門上、俗稱「門鏡」或是「貓眼」，讓住戶窺視門外訪客的東西。

「什麼意思？」地瓜翻看著貓眼，一下子不明白年輕人想求的東西。

「何謂……」芋頭打了個哈欠，懶洋洋地撥玩自己的爪子。「看穿一切的貓眼？」

年輕人攤開筆記本，向婆婆展試他得意洋洋的設計——那是一扇門，門上裝設著貓眼，貓眼旁有一塊控制儀表板，上頭有些操控按鈕。

「是這樣的……」年輕人解釋：「我現在住的分租套房，出入分子複雜，有些安全上的疑慮，我想讓門上的貓眼看得更遠、更廣一點，最好……最好能……」

芋頭伸著懶腰，斜了年輕人一眼，說：「讓你看穿牆壁，看見整層樓裡每個房客的一舉一動，對吧？」

「對！」年輕人連連點頭。「這樣一來，我就可以知道哪個房客有吸毒、哪個房客爲非作歹，我可以在他們做壞事之前，報警制止他們，維護整棟樓房租客的安全。」

「……」地瓜搶過年輕人的設計筆記翻看，說：「我覺得你的設計太過時了，還要貼在門上看，不累嗎？怎麼不直接用手機螢幕看，這樣你連上廁所大便的時候也可以維護大樓和平。」

「可以嗎？」年輕人喜出望外。

「可以是可以……」芋頭說：「可是很貴，你帶來的東西……」

「我帶了十幾萬現金……」年輕人從背包取出一疊鈔票，和一些像是從舊貨攤搜刮來的雕塑、瓷器、玉器，一面說：「跟一些古董，這些東西應該都很值錢……」

「放回去。」芋頭望著自己貓掌上彈出的爪子。

「啊？」年輕人正捧著一只瓷器，向婆婆展示瓶底的落款。

婆婆歪著頭，也不知看不看得懂那落款，雙手倒是已經拿著硯台和墨條磨起墨來。

「我說——」芋頭說：「鈔票留下，其他不值錢的假貨你帶回去吧。」

「可是……」年輕人像是被看穿心思般有些心虛，將瓷瓶收回背包。「只有十幾萬的話，買得起我心目中的貓眼符嗎？」

「這點我沒辦法回答你。」芋頭說：「看婆婆的意思。」

年輕人望向符紙婆婆，只見婆婆笑呵呵地捏了張空白黃符，順手便寫完一張符，捏著符呼呼吹了幾口氣，咧開嘴巴向年輕人發出噫噫呀呀的聲音，好似在解說這符的用法。

「啊？」年輕人吃力地聽著婆婆說話，卻一句話也聽不懂，為難地說：「抱歉婆婆，妳說什麼我聽不太懂……」

「婆婆要你把手機拿出來。」地瓜搶在芋頭開口前回答。

「手機？」年輕人連忙取出手機，恭恭敬敬擺上木桌，怯怯地問：「婆婆想要……這隻手機？」

「成交。」地瓜捧起那疊鈔票，替婆婆放進木桌抽屜，跟著從婆婆手上接過那張新寫好的符，躍到年輕人面前，問：「你來求符，身上應該有帶打火機吧？」

「有有有……」年輕人立時取出打火機，像替大哥點菸般，點燃地瓜舉來的符紙。

地瓜像個法師般，舉著那張燃火符籙，喵喵唸咒地對著年輕人擺在木桌上的手機和那枚貓眼施起法來。

最後，他將整張火符往上一拋，嘩地炸開一陣眩目彩光，彩光星星點點落下，在那貓眼和手機上方落下一陣五色雨。

「嘩！」年輕人見到經符加持過的手機和貓眼微微散發金光，不由得有些驚訝。「這樣……就好了？」

「是呀。」地瓜捧起貓眼，用尾巴指了指手機。「你看看手機裡有沒有多了個沒見過的APP。」

「喔？」年輕人好奇地拿起手機檢視，果然見到手機上多了個陌生APP，圖示是枚貓咪眼睛。

他點開程式，隨即見到地瓜捧著貓眼的自拍畫面，畫面左右，有兩處類似空拍機控制方向的操作介面。

畫面左上角，顯示著「**一般模式**」。

年輕人試著按了按方向鍵，全無反應，他狐疑地問：「這……怎麼用呀？」

「看到底下那個『拉霸』鍵嗎？」地瓜說：「按下去，可以改變觀看模式。」

「嗯。」年輕人注意到螢幕下方果然有個小小的拉霸按鍵，他按下那小小的按鍵。

左上角「貓眼鏡頭模式」顯示字幕立時飛快竄動，變成了——

自由控制模式

年輕人發現兩側方向控制按鈕有反應了，他能夠藉由兩組按鈕控制監看畫面四處飄移、上下移動，彷彿控制著一具隱形空拍機，能隨心所欲地監看四周動靜。

他眼睛發亮，興奮至極——

這就是他想要的效果，甚至比他想要的更方便、更直觀——比起他筆記本上那塊加裝了控制儀表板的大門先進多了。

「你應該會打電動吧，很快就會上手了。」地瓜將那枚貓眼還給年輕人，對他說：「長按拉霸鍵三秒，有客服功能，畫面會直接切到婆婆這裡，你有什麼不懂再問就好了。」

「這麼好？」年輕人連連道謝，跟著他注意到畫面右上角多了一排倒數計時的時間，他問：「這時間……是什麼意思？」

「那是模式持續時間。」地瓜解釋：「時間結束才能再按拉霸，切換下一個模式，如果你選到不喜歡的模式，想要快點切換，可以課金加速，課金介面在——」

年輕人沒等地瓜說完，便注意到畫面正上方、介於模式類型與模式時間中間一枚鑽石形狀按鍵，那就是地瓜說的課金介面按鍵。他點入課金介面，裡頭有長長一排販賣項目，第一項是「縮短當前模式時間」，定價是十分鐘一百元。

第二項是「延長當前模式時間」，定價卻是十分鐘一千元。

第三項則是「自由選擇模式一回」，定價是三萬。

「好貴……」他吐了吐舌頭，跟著他見到底下還有些古怪功能，諸如：「電擊」、「地獄火飛彈」、「火神機炮」之類的選項，價格從萬元起跳。

他好奇問：「這些功能又是什麼？要用在哪裡？」

「你不是說要用來防範壞人嗎？」地瓜說：「這些是貓眼武裝，當然威力比不上真實的武器，但對付小偷啦、強盜啦、內褲賊啦、色情狂、小毒蟲、臭流氓之類的傢伙，應該夠用了。」

「哇！還有這種功能喔！」年輕人驚訝之餘，又有些興奮，經婆婆神符加持過的這貓眼功能，比他原本想像中的還要多。

他誠摯向婆婆深深一鞠躬，帶著貓眼離開。

「真是什麼人都有耶！」地瓜興奮地嘰哩呱啦起來，滿心期待著年輕人什麼時候會長按拉霸鍵，動用客服功能向他徵詢狀況，他太想知道年輕人如何使用那貓眼了。

「是呀……」芋頭打了個哈欠，瞇起眼睛，對這年輕人的舉動看起來興趣缺缺。

「幹嘛？你好像一點也不關心他的下場。」地瓜問。

「是呀……」芋頭打起盹來。

「那這小子就交給我處理囉。」

「嗯。」

「那我算今日值日生了嗎？」

「不算。」

□

年輕人帶著貓眼返回住處。

他住在一棟隔成許多間套房的中古大樓中，整棟樓都屬同一屋主，分隔成上百戶套房，租賃給年輕上班族和外地學子。

這棟租賃套房大樓管理尚可、屋況普通，但地段佳、價位合理，入住率頗高，一旦有人搬離，很快便有新人搬入。

年輕人是這大樓百來戶租客中的其中一員，他一路搭乘電梯來到五樓，穿過一條長廊，往自己租賃單位507號房走去，還稍稍在503號房前放緩腳步，瞥了房門一眼——

503號房的租客是三個月前搬來的女上班族，美麗極了。

他第一眼就深深迷戀上她。

但對方並非單身，出入時常有男友相伴，甚至會讓男友在她套房中過夜。

這讓他吃味極了。

他開門，回房，動作俐落地拿起門旁小櫃上的工具，將房門上的舊貓眼拆卸下來，裝上經婆婆神符加持過的新貓眼。

他為了這貓眼，做足了功課。

小櫃上還擺著一套針孔攝影機，以及可以連接到房中電腦的線路設備。他本來打算求得萬能貓眼後，在門後窺視孔加裝上攝影裝置，讓他能直接從電腦監看，甚至錄影。

但婆婆這符的功能超乎他的想像，竟然能夠讓他直接用手機監看。

小櫃上的錄影裝置白買了，但他一點也不感到懊惱。

反而興奮至極。

此時距離503號房女租客下班返家，約莫還有半小時到一小時左右，但倘若她與男友有約會，時間則不一定。

年輕人換完貓眼後，迫不及待地來到電腦前，取出手機，一面充電一面開啓貓眼APP。

左上角的模式是「一般模式」，在一般模式下，螢幕上呈現的畫面，就是門上貓眼正常可視範圍——僅能看見對門的506號房。

他按下拉霸鍵，模式文字開始晃動切換，最後停下——

隨機固定模式

手機畫面切換成一間空房，視角像是裝設在天花板角落斜斜俯拍整間房般；房中擺設布置風格、日用品、衣物，顯示這是間年輕女性的房間。

他盯著手機螢幕，呆了幾秒，跟著來到門邊，湊近門上貓眼往外瞧，實際貓眼所見仍是自家對門506號房門及兩側廊道，跟貓眼APP的「隨機固定模式」畫面並不一樣。

他按了按螢幕上的方向控制鍵，沒有反應，正如顯示模式文字敘述般，「隨機固定模式」無法自由控制監視視角，且不能指定監看場所。

01:13:16

畫面右上角顯示著下一次模式的等候時間，還要經過一小時十三分，才可以重新切換監視模式。

這令年輕人感到有點不耐——太久了，光是這樣一幕監視視角，他完全不知道套房租客的身分，也看不到租客本人，下一次隨機切換，倘若又轉到隨機固定模式，且又拍攝空屋，甚至是中年大叔或者肥宅，那麼一點也沒有看頭——

是的，沒錯，他向婆婆求符，目的就是偷窺、監看這棟樓上百套租賃套房裡女性租客一切私密舉動，小櫃上的攝影器材連接到電腦後，不僅讓他能夠直接透過電腦監看，且能錄影存檔。

他回到電腦前，使用電腦軟體，將手機螢幕投射上電腦，測試截圖和錄影功能——十分順利。

在他妄想藍圖裡最美妙的狀況，是利用這萬能貓眼窺視整棟樓女房客一切隱私，甚至偷拍各式各樣私密影片、照片，在國外色情網站開設帳號，販賣賺錢——自然，爲了規避法律責任，他也做足了功課，包括各種網路跳板以及金錢入帳戶頭規劃等等手續。

最重要的是，這萬能貓眼並非一般針孔攝影機，摸不著也看不到，能夠讓他避免掉最直接的風險——鏡頭被發現。

他坐在電腦前操作手機，發現這「隨機固定模式」的拍攝視角雖然固定，但卻具有縮放功能，解析度甚至十分高。他將畫面放大再放大，檢視房內日用雜物，像是偵探般企圖推測出這看似女性租客的房間，究竟是大樓內哪一層、哪一戶。

「啊！」他瞪大眼睛，從放大的監視畫面裡發現一項重要線索——

一件掛在椅背上的外套。

他見過那件外套，就在昨天，正是他心儀多時，５０３號房女租客的外套。

這間房間，就是她的房間。

太幸運了——他這麼想，這棟樓共上百間套房，「隨機固定模式」正好就固定在他隔壁的隔壁、他心儀多時的女孩房中。

儘管監視畫面固定，但他仍然透過放大功能，仔細觀察女孩房中每一處角落、不停截圖存檔。

00:27:12

就在距離「隨機固定模式」結束還有不到半小時之際，一陣熟悉的腳步聲和交談聲響起——503號房女租客和她男友回來了。

他快速起身離座，貼近門邊，果然聽見503女租客與和男友相伴返家、開門入屋的聲音。

「嘖！」他返回電腦桌前，嫉妒地盯著螢幕上兩人帶著外食入屋，閒聊用餐。

他望著房中那張床，心中有些期待，又有些五味雜陳。倘若女租客與男友用餐完畢後，心血來潮親熱一番，那麼他就有好戲可看，只遺憾這男人不是他。

他又妒又期待地望著畫面上兩人嬉鬧親嘴、互相餵食。

時間一點一滴地過去。

兩人很快用完了餐，男人一把將女租客摟上了床，在她耳際碎語。

女租客紅著臉試圖推開男人，但真推得遠了，見男人撐著臉微笑瞧她，便又伸手將他拉回。

「媽的……」監視兩人動靜的年輕人，滿臉怨怒地盯著螢幕，低聲抱怨。「要幹就幹，拖拖拉拉三小……啊！」

他注意到右上角的倒數時間——

00:00:07

只剩七秒，男人與女租客擁抱相吻，在床上打起滾來。

女租客解開襯衫鈕釦、男人俐落脫下上衣。

模式時間結束，貓眼畫面切換回對門５０６號房正門。

「喝！」年輕人先是一呆，這才知道當模式時間結束後，手機監視畫面會回復成門上貓眼所視範圍。

他再次按下拉霸鍵，左上角模式字幕再次閃動跳躍，然後停下。

同樣是「隨機固定模式」。

但房間不同、租客不同。

那是一間凌亂之至的男人房間，有個蓬頭垢面、穿著數天沒換的上衣、赤裸著下身，一手拿著一個玻璃杯緊貼牆壁，另一手忙著自瀆的噁心男人。

「幹！」年輕人惱火撇開視線——他認得這個人。

這次貓眼隨機固定模式拍攝的房間，正是年輕人與女租客之間的５０５號房，租客似乎是個沒有工作、經濟來源不明，兩、三天才出門一次購買大量包裝食物返家的怪異宅男。

年輕人見這怪異宅男行徑，知道這怪宅拿著玻璃杯貼在牆上當成聽診器，偷聽５０３號房情侶親熱聲音打手槍。

他連按拉霸鍵數次，只想快點跳過這噁心畫面，但沒有用，模式時間還有一個多小時，除非——

他點下課金按鍵，點入購買介面。

加速模式時間十分鐘一百元，他好奇地點入會員資料，發現他幾個戶頭、信用卡資料，完完整整地記載在會員付款資料中，也就是說只要他按下購買鍵，就會真實扣款。

他猶豫半晌，購買五次加速項目，令當前固定隨機模式的時間縮減了五十分鐘，只剩下七分多鐘便可以再次選擇新模式。

他望著銀行傳來的扣款簡訊，不免有些後悔——五十分鐘也不是多長的時間，真要等也不是不行，雖然可能會錯過５０３租客的親熱畫面，但這棟樓上百戶租客，青春美麗的，也不只有她一人。

他長按拉霸鍵，想要尋求客服諮詢。

畫面從505號房切換到地瓜大特寫。地瓜不等年輕人發問，直接說：「如果你想問課金後悔時能不能退款，我直接告訴你答案——不能。」

「……」年輕人啞口無言，胡亂詢問幾個不著邊際的問題，結束了這通客服通話。

他又等了兩、三分鐘，螢幕切換回正常貓眼視角，第二次的隨機固定模式結束了。

他再次按下拉霸鍵，模式字幕一陣跳動——

隨機飄移模式

「隨機飄移？什麼意思？」年輕人正困惑間，便見到手機螢幕畫面視角緩緩移動起來，轉到505號房怪宅門前，穿門進入，只見那怪宅赤裸著身子，心滿意足地癱軟在牆邊，地上還堆著幾團衛生紙，看來已經解決完畢。

年輕人按了按方向操作鍵，全無反應，因爲當前模式是隨機飄移，無法自由控制。

畫面穿過牆，來到503號房。

年輕人抖擻精神、揉揉褲襠，以爲終於輪到自己了，但那鏡頭視角壓得極低，像是從床邊飄過——年輕人只看得見床鋪規律震動，卻看不見床上情景。

「幹！」儘管知道當前模式不允許他自由操作，但還是本能地亂按方向操作鍵。

貓眼畫面繼續推進，來到下一間房，按照位置推算，應該是501號房。

501號房租客是苦命工程師，晚晚加班，此時房中漆黑一片、空無一人。

畫面往下沉入樓板，來到一間公主風格布置的女孩房，按照位置推算，是四樓的４０１號房。

年輕人再次振奮，他見到一個可愛女孩站在連身鏡前捏著裙子，似乎在猶豫等會兒出門約會打扮，她對身上這件裙子不太滿意，從衣櫃翻翻找找出兩件新裙，回到連身鏡前，準備換裙子。

年輕人呼吸急促起來。

鏡頭再次下沉，沉入３０１號房。

「幹！」年輕人又罵了一聲髒話，３０１號房裡的中年男人，穿著四角褲，躺在沙發上喝啤酒看球賽。

畫面繼續推進，緩緩穿過一間間房。年輕人靈機一動，開啟記事程式做起筆記，隨著畫面推進，他記下每間房租客性別、外貌，遇見空房，便從布置大致推測租客性別、年紀——方便他選中自由模式後，能夠快速直接控制貓眼潛入他意圖窺視的房中。

貓眼一路穿過二樓數間單號房，又轉入雙號房，繼續一層層往上。

令年輕人困惑，甚至有點惱火之處，在於貓眼視角似乎刻意避開女租客隱私畫面，但對男租客大小便、洗澡、自慰、看Ａ片、呼嚕大睡、打電動等行徑則大方展露。

年輕人一面做筆記一面抱怨，他長按拉霸鍵想詢問這個現象。

「如果你想問爲什麼看不到想看的東西，我直接告訴你答案——信用卡刷下去，購買自由模式！」地瓜搶在他發問前回答，隨即切斷客服，讓畫面轉回隨機飄移模式。

「嘖！」年輕人愣然半晌，又點進購買頁面流覽一番——自由控制模式定價要三萬，接近他一個月的薪水。

他放棄，反正來日方長，不急於一時，慢慢等，總會等到的——

他切回監視畫面，瞧瞧右上角模式時間，還剩四分三十餘秒就可以再次拉霸了。

這時，他的目光被畫面中一個女孩深深吸引。

女孩坐在書桌前，背對著緩緩飄動的監視鏡頭，不知是寫作還是畫圖；她房內布置優雅宜人，有種青春氣息，卻又不像學生書房；桌上鏡子倒映著她的面容——

美麗至極。

「啊！」年輕人正想記下這女孩的房號，卻驚覺剛剛諮詢客服、流覽購買頁面時，錯漏一段推進過程，此時女孩究竟身在哪戶已不得而知。

畫面飄出女孩房，穿過幾間空房。

模式時間結束。

畫面切換回正常貓眼視角——他對門的５０６號房。

他再次按下拉霸鍵，這一次切換到的模式是「隨機追蹤模式」。

畫面緊盯著一個提著酒菜返家的中年男性上班族，在他身邊旋繞，三百六十度拍攝他喝酒吃菜，看電視政論節目不時唾罵幾句的模樣。

年輕人翻了個白眼，出門吃了頓晚餐，在外閒晃半晌，返家。

他再按拉霸鍵，切換到隨機固定模式。

是間租客尚未返家的漆黑空屋。

接下來，他虛耗了四小時，拉霸三次，兩次隨機固定模式、一次隨機追蹤模式。一間空房；一間雖住女客，但鏡頭角度極差，幾乎什麼也看不到；隨機追蹤模式則追蹤跟拍一隻虎斑貓的一舉一動。

年輕人躺在床上，和玩累了的虎斑貓一同入睡。

□

翌日，年輕人臉上掛著重重的黑眼圈，上班差點遲到。

他站在主管身旁盯著電腦報表聽訓，腦袋焦慮至極——剛剛他在踏進辦公室前一刻，終於點到了自由控制模式，忍不住歡呼出聲，但目光立時和那外號「鬼見愁」的主管對上，嚇得趕緊將手機藏起，快速打卡，趕往座位，正想取出手機使用自由控制模式，好好偷窺幾戶昨晚記下的美女租客閨房時，卻被主管叫去訓斥近日工作上的幾件差錯。

主管有張不怒自威的臉，訓話時面無表情，但總能讓人心生寒意，偶爾語氣稍重時，下屬心中的寒意便升級成暴風雪。

但年輕人此時一心一意只惦記著手機上那自由控制模式時間正無情地流逝。

「我剛剛說的流程，你重複一遍。」主管推了推眼鏡，注意到年輕人心不在焉。

「我……」年輕人察覺到主管眼神中的怒火，心中颳起了暴風雪。

他回到座位時，驚駭得連手機都不敢取出，快速將主管交辦的幾件事項處理完畢，一件件回報，這才稍稍平息主管眼中殺氣。

「不錯嘛。」主管檢視年輕人幾件工作進度，點點頭說：「你腦筋轉得快，就是有時候注意力不夠集中，認真的時候做事挺有效率的。」

「是……下次我會注意……」他鬆了口氣，回座位取了錢包，外出用餐，此時已過了午休時間。

他步出公司，重新取出手機，手機螢幕畫面是那５０６號門——自由控制模式早已結束，他不甘地再次按下拉霸鍵。

又是隨機固定模式。

是間空房，但他認出這空房是昨日坐在書桌前埋首書寫的美麗女孩房間。

「幹我怎麼這麼倒楣……」年輕人十分扼腕，總覺得這ＡＰＰ故意和他作對，好房間總是沒人、有人時視角不對、好模式竟出現在工作忙碌時。

他想長按拉霸鍵向地瓜抱怨，但他沒有，他不用抱怨都知道地瓜的答案——「信用卡刷下去就對了。」

他在自助餐店點了餐，端著餐盤找了角落座位，一面用餐、一面滑玩手機流覽各大社群。他在幾個ＡＰＰ介面中來回流覽一輪，又滑回貓眼ＡＰＰ，突然驚見房中有人——

美麗女孩背對著鏡頭，坐在書桌前畫圖。

不久，女孩起身離座，年輕人見到桌上那畫作，似乎是幅人像。是個男人。

他好奇地使用放大功能，將畫面放大再放大，斜斜地特寫女孩桌面。

他呆了。

桌上那幅畫中的男人，長相和他極像。

「這是我？」他呆得連剛送入口裡的菜都忘了嚼。

女孩返回座位，捏起人像畫反覆觀看，像是十分滿意這幅作品。

跟著，她將畫作貼上牆。

年輕人心中小鹿亂撞，總覺得牆上那畫中人，橫看豎看就是他，但他對這美麗女孩完全沒有半點印象；他努力回想這幾個月除了心儀的５０３號房女租客外，整棟租賃套房大樓中，偶爾擦肩碰面的女性租客裡，有沒有這麼一個美麗女孩。

完全沒有。

正當他天馬行空胡思亂想之際，女孩持著筆走回畫前，對著牆上的肖像畫作補筆修改起來——

年輕人再次傻眼。

女孩此時作畫已不算是「補筆」、「修改」，而接近「再創作」了。

她捏著軟橡皮，將男人左眼擦去一部分，畫上個窟窿，還替窟窿下方補上一道道血痕；跟著她擦去男人半邊唇，畫出斷裂的牙；她在男人臉上加上一道又一道的傷疤，有如刀割；她拭去畫作上男人部分頭髮，畫出掀開一半的頭蓋骨，露出大腦，還在男人頭上畫上一枚枚插進頭中的鐵釘。

年輕人關上ＡＰＰ。

默默吃完飯。

這情形太詭異，他須要讓腦袋放空一會兒，才能冷靜思考這是怎麼一回事。

他在午休結束前，返回公司的前一刻，重新開啓貓眼ＡＰＰ，女孩已重新回到書桌前，開始創作新圖。

牆上那張原本與他十分相像的人像素描，已被修改得面目全非，像是遭受到極度酷刑對待般。

「……」他關上ＡＰＰ，返回工作崗位。

□

年輕人下班，帶著外食返家，將手機畫面投射在電腦螢幕上，邊吃邊看——此時模式是「隨機飄移模式」；和之前一樣，他見到一堆空房、一堆男人和女人，但鏡頭總是刻意避開女性房客的隱私畫面，特寫男租客大便、吃喝、打手槍。

他強耐著性子看下去，想知道那畫圖女孩究竟是住哪一層、哪一戶。

但這一次的「隨機飄移模式」太過隨機了，有時斜斜穿出好幾層樓，有時左旋右繞，有時還會繞進衣櫃、櫥櫃，甚至是冰箱內部。年輕人每每恍神，便難以判斷此時鏡頭究竟位於何處——只能從稍微熟識的租客房中，勉強判斷當前貓眼鏡頭的位置。

畫面先是漆黑，跟著亮起。

年輕人啊了一聲。

是那畫圖女孩的房間。

剛剛鏡頭似乎是從她書桌抽屜裡飄移出來，畫面掃過女孩臉面，令年輕人心神一蕩，女孩容顏絕美，完全不輸給年輕偶像女星。

跟著他深深吸了口氣，見到女孩房中牆上，貼著一張更大幅的畫作，還是幅不透明水彩畫作，畫的是個半身男人——

和先前一樣，畫中男人長相、髮型，甚至是眼鏡都與他極度相似。

連襯衫都與他今日襯衫一模一樣。

「不會吧，眞的是在畫我？」年輕人愣然，他從緩緩飄移的鏡頭，見到女孩端著調色盤，走近那幅半身畫作，開始「修改」了。

她沾著顏料，第一筆就往男人右眼抹去。

在貓眼鏡頭鑽離出房前，年輕人瞥見絕美女孩側臉神情——

那不像是畫家作畫的神情。

像是虐殺仇家。

「……」年輕人駭然地想從貓眼鏡頭離去的畫面，推測女孩究竟住哪層哪戶時，畫面旋即切換回正常模式——隨機飄移模式時間結束了。

年輕人感到毛骨悚然。

在這棟大樓裡，有一個從未見過的美麗女孩，畫了兩幅極像自己的男人畫像，然後再兇狠地將之毀容。

□

接下來數日，他心中驚恐上升到前所未有的程度。

他確定女孩確實在畫他。

每天偶爾出現的隨機飄移模式或是隨機固定模式，總會讓他見到女孩房間牆上多出一、兩張新畫，有些是素描、有些是水彩；有些是正常肖像，有些已「修改」完畢，每張「修改」過後的畫像，都像是遭到各種酷刑折磨，皮開肉綻、缺眼少鼻，慘不忍睹。

重點是，每天畫作裡的男人，都與他當天穿著一模一樣。

某天他故意穿了件平常不常穿的卡通T恤出門上班。

當晚，他就見到女孩房中牆上，多了一幅穿著一模一樣卡通T恤的他。

翌日，他見到那卡通T恤的他的畫像，已慘遭酷刑。

女孩房中已經貼滿大大小小、身受酷刑的他的畫作。

他忍無可忍，長按拉霸鍵向地瓜求援。

「是喔。」地瓜玩著芋頭左甩右晃的尾巴，懶洋洋地對著鏡頭說：「你向婆婆買那貓眼，不是本來就打算用來維護社區和平嗎？現在既然發現目標，就是你表現的時候啦。」

「是沒錯，可是……我連她住哪一戶都不知道。」年輕人一時不知該如何是好。

「課金啊！」地瓜這麼說：「你替貓眼加購武裝，那貓眼就不只是空拍機，而是一架小型阿帕契了。」

「……」年輕人結束諮詢，認眞流覽課金頁面，猶豫不決。

跟著，他發現女孩不但畫技精湛，還會捏陶土——她只花一晚，就捏出一具半身人像。樣貌和他一模一樣的半身人像。

然後她拿著水果刀，開始對人像進行「修補」。

與其說是修補，更像是「練習」。

一刀一刀地練習。

割喉、刺腹、刺胸、挖眼、切耳、削鼻……

當年輕人在返家路程的捷運車廂中，透過隨機固定模式，見到女孩將那尊和自己一模一樣的黏土人像切得面目全非時，只覺得天旋地轉，他感到女孩似乎不只是「洩恨」，而是在進行某種「實戰演練」。

他害怕茫然地提著外食返家，在電梯門關上前一刻，電梯門再次開啓。

畫圖女孩提著大袋小袋踏進電梯。

女孩面無表情，看都沒看年輕人一眼，手上幾只購物袋裡有畫材、有陶土。

年輕人強作鎮定，紳士地問：「小姐，妳……要上幾樓？」

女孩沒回答。

他瞥見她其中一只購物袋裡，有件和自己此時身上一模一樣的襯衫，以及兩把新刀。

五樓到了，年輕人走出電梯，女孩隨後步出，緊跟在他身後。

他這輩子從未如此恐懼過，大氣也不敢喘一聲，不時側身回頭偷瞄，像是擔心女孩突然抽刀捅他；但她沒有。

他來到自家房門前，顫抖地開門進屋，快速關門上鎖。

跟著，他聽見對門開啓聲響。他湊近門上貓眼，驚覺女孩取出鑰匙，打開與他對門的506號房。

女孩就住在他對門。

女孩關門時，瞥了他房門貓眼一眼，彷彿看透躲在門後的他的動靜般，露出一個殺氣騰騰的眼神。

「她到底是……怎麼回事？」年輕人倚著門，癱軟坐下，抱頭思索半晌，他完全不記得自己曾經得罪過這樣一位美女，他甚至不知道對門多了個新鄰居——506號房住戶數週前搬離之後，他從未見過女孩搬入的過程。

「冷靜下來，往好處想……」年輕人閉起眼睛，眞開始往好處想——

她擁有極高的美術造詣，素描、水彩、泥塑都難不倒她，至於完成畫作後的「額外修補」，只是一種藝術風格表達形式，又或許只是技術上的訓練，例如傷痕、血跡等描繪……至於主角爲什麼是他？

也許只是剛好挑選上對門住戶，又或許她對他一見鍾情，不知道如何表達，只好用這樣的方式抒發自己的情感；至於她「修補」畫作時的兇狠眼神，或許只是自己的誤解，又或許是她表現熱情的方式……

年輕人努力「往好處想」的同時，掏出手機再次按下拉霸鍵。

又是隨機固定模式。

又是女孩家。

女孩桌旁立著一尊新的黏土人像，這次是尊全身人像，身高也和他一般，且外觀更加逼眞，不僅塗上接近完美的膚色，還戴上與他髮型相同的假髮，穿著也和他今日一模一樣——正是她剛剛袋中那件襯衫。

即便年輕人這貓眼鏡頭斜斜地在天花板角落俯視下看，也看得出這是一具極高水準、有資格擺進蠟像館收藏的逼眞人像。

女孩替人像整整衣領、撥撥假髮，面無表情地站在人像面前望著它。

在這瞬間，年輕人眞的以爲女孩如他剛剛「往好處想」的猜測般，是個暗戀著他的天才藝術家。

但下一刻，女孩俐落地將手中水果刀插入人像腹中，還兇猛橫拉一刀。

彷如切腹。

人像肚腹立刻淌出赤紅液體和腸胃——這人像不僅外觀擬眞，腹腔裡甚至塞著紅墨水袋和豬腸內臟……

「……」年輕人瞪大眼睛，靜靜瞧著女孩將這和自己一模一樣的逼眞人像挖眼削鼻切耳割唇拔齒切舌，分切成一塊一塊又一塊，在床上整齊拼擺，凝視片刻，跟著全裝進一個大整理箱中。

女孩動作俐落地完成這一切，跟著將地上那些紅顏料、牲畜內臟收拾乾淨後，面無表情地在小桌前擺置小水盆和磨刀石，打磨起剛剛用以切割人像的幾柄刀。

模式時間結束。

年輕人手機畫面切換回５０６號房門。

年輕人盤坐在地，哆嗦不止——他覺得自己太天眞了，她絕對跟剛剛「往好處想」的情況不一樣，她或許是天才藝術家，但絕對不是「暗戀自己」，她很顯然是在練習刺殺，甚至屠宰自己。

他點入課金頁面，跳過一堆模式選項，來到武裝選項。

地獄火飛彈十枚：一萬元。

電擊攻擊三十發：一萬元。

火神機炮三萬發：一萬元。

毀天滅地自爆裝置：一萬元。

「毀天滅地……這是什麼？」年輕人長按拉霸鍵，進入客服諮詢。

「那是貓眼自爆裝置，解除婆婆的貓眼功能，同時也可以將你最害怕的壞人、遭遇到的困難一起帶走。」地瓜這麼解釋，還補了一句。「還有我跟你說，客服功能不是二十四小時喔，我要睡覺了，你再按我也不理你喔。」

年輕人莫可奈何，呆滯半晌，輕按拉霸鍵。

又進入隨機固定模式。

又是女孩房。

女孩已經磨好刀了。

此時她桌上擺著一個古怪裝置，跟一批新的小工具。

年輕人拉近鏡頭，發現那古怪裝置是門鎖，一旁的小工具則是各種開鎖工具。

女孩在練習開鎖。

年輕人喘著氣，轉身檢視自家房門門鎖，對照女孩桌上那具門鎖——一模一樣；他開門，查看門鎖外觀，也一模一樣。

他從手機螢幕上見到，506號房中女孩似乎聽見門外動靜般飛快起身，湊近門邊盯視貓眼，像是在偷窺門外的自己，他駭然閃身回房，關門上鎖。

「怎麼辦？怎麼辦？」

年輕人渾身發顫，該報警嗎？他要怎麼跟警察解釋這一切？女孩有犯法嗎？畫一堆血腥圖、造土偶後摧毀，似乎都沒有犯法；且他該怎麼證明女孩是在畫他——修改後的畫作早已看不出長相了。

重點是他要怎麼跟警察解釋，自己是如何得知女孩房中情景呢？

手機螢幕裡，女孩站在門邊窺視貓眼半晌，返回座位，繼續練習開鎖。

她動作越來越俐落，每次成功開鎖之後，又重新上鎖，然後再開鎖。

在這次隨機固定模式結束最後一刻，女孩只花了三十秒，便將同款門鎖解開了。

年輕人望著手機螢幕上的506號房門，心中的害怕已經無法言喻。

他再一次按下拉霸鍵，又是隨機固定模式——是隔壁505號房的怪宅，拿著玻璃水杯偷聽503號房女租客與男友親熱打手槍；年輕人這才想起他最初的目標是503號房女租客。

但此時此刻，他已經無法思索這種事情了，他得想辦法自保——整理行囊搬離此處，似乎是唯一可行的辦法，但搬家找房子需要時間，他得花幾天準備。

他不可能一夜不眠，女孩只要花三十秒就能開鎖，他在準備期間，得想個自保的辦法。他靈機一動，將房中實木小櫃推至門邊，橫躺放平，卡在房門與廁所牆面間——這小套房房門離廁所牆面距離甚近，有小木櫃橫擺在地上卡著門和牆，即便女孩開了鎖，推開木櫃，木櫃另一端也會抵上對面牆壁，房門頂多只能開啓數吋——

除非她力氣大到能將整座實木小櫃推到爆裂炸開。

年輕人開始整理行李，上網查找新屋，他足足找了兩、三小時，找了幾間屬意新屋，但一想到這兒租約還有九個月，搬家費加押金就令他頭痛不已——

他認眞思索起課金頁面裡的貓眼武裝，那些武裝，眞的可以對付這個女孩嗎？這女孩到底是什麼來頭？他如果用武裝消滅她，算是殺人嗎？

就在他思緒混亂，剛起身想洗把臉清醒一下，四周突然漆黑一片。

桌機也關了。

停電？

他呆站在椅前，聽見門鎖喀啦啦地響起。

他深深吸了口氣，駭然轉身從桌上摸起手機，鑽進床底。

他伏在床下，看著房門被推開一條數吋小縫之後便停下——女孩發現門後擋著櫃子，櫃子卡著牆，門推不開。

他鬆了口氣，慶幸自己這方法有用，但下一刻，他發現女孩將細瘦大腿自那數吋門縫硬伸進房裡，且用盡全身力氣，把身體往房中擠，像是想硬從那數吋小縫擠進房裡。

正常來說，即便是瘦小女孩，腦袋、胸腔、骨盆也不可能擠過數吋大小的縫，但她顯然不正常。

她的骨盆、胸肋，發出了喀啦啦的斷裂聲。

太不正常了。

她將大半邊身子都擠進門了，年輕人驚恐之餘，飛快點開手機課金頁面，替貓眼鏡頭添購電擊功能和火神機炮，以及訂價三萬的自由控制模式。

他伏在床底下，打電玩般地操控加裝上武裝的貓眼鏡頭，將鏡頭挪移到門外，只見女孩此時容貌美麗依舊，但身體極端扭曲，大半邊身子擠進他房中，留在門外的一隻手，還緊握著一把水果刀。

女孩開始試圖將卡在門外的上半身和腦袋也擠過門縫——

喀啦、喀啦、喀啦——

女孩下顎骨也發出骨骼擠裂的聲響，整張臉誇張變形。

年輕人駭然之餘，按下加裝武裝後新增出的攻擊按鍵。

卡在門縫間的女孩，身子激烈顫抖起來，身上多出一枚枚彈孔、鮮血噴濺，那是火神機炮的威力；年輕人操縱貓眼鏡頭在門外一陣開火，跟著繞回室內，對著女孩擠進門縫的身子又是一輪狂轟，想將她逼出房門，但女孩即便捱著兇猛彈火、血流一地，卻似乎不打算放棄，繼續一吋一吋一吋地往房內擠。

「……」年輕人打光了三萬發火神機炮，開始使用電擊功能。

噗哧一聲，女孩終於整個人都擠過門縫，進入屋內了。

此時的她已不再美麗，渾身浴血，胸腔、骨盆和腦袋都已擠壓變形，搖搖晃晃地在漆黑一片的房中尋找起年輕人。

年輕人每一次電擊，只能讓女孩顫抖僵凝數秒，卻無法造成更進一步的傷害。

年輕人驚恐長按拉霸鍵，卻得不到地瓜的回應。

他再次按下電擊功能，女孩在一陣激烈顫抖之後，終於伏倒在地。

正好與伏在床下的他，四目相望。

即便室內漆黑一片，但門縫透入的黯淡微光，和他手機的亮光，剛好讓他清楚見到女孩望著自己的神情，像是想要將他生吞活剝。

他驚駭之餘，不停按著電擊，三十發電擊功能轉眼耗盡。

女孩扭曲地爬進了床底，一雙破爛變形的手搭上他的臉，她的水果刀早在承受火神機炮轟擊時便掉落了，但此時女孩像是想用自己的雙手，活活將年輕人撕裂。

「哇！」年輕人感到被女孩掐著的地方發出劇痛，在極端驚恐下，點進手機課金頁面，按下武裝項目最後一個選項——「毀天滅地自爆裝置」。

手機畫面開始出現倒數計時，十、九、八、七……

女孩破破爛爛的身子壓上年輕人，他感到女孩頭臉上彈孔淌下的血液滴答淋落他滿臉。

女孩擠過門縫時壓碎的顏面骨骼，似乎支撐不住她的眼球，與年輕人在床底一擠，眼球落了下來，打在年輕人臉上。

在倒數計時結束前——

年輕人嚇暈了。

□

他再次睜開眼睛時，發現自己癱躺在床底，手機落在一旁，恐怖女孩早已消失無蹤。

他從床底爬出，擋門小櫃還橫躺在門前，門是關著的，地上沒有血跡也沒有水果刀。

他開啓手機，貓眼ＡＰＰ已經消失無蹤。

他照著鏡子、摸索全身，也找不著昨夜和女孩在床底搏鬥時的傷痕。

但是手機簡訊上數萬元信用卡扣款通知，卻是真真切切。

他將擋門小櫃推回原位，撥了通電話給房東，詢問對門５０６號房租客身分——５０６號房的新租客下週才會搬入。

他呆然坐在床沿，望著門上貓眼，本來打的如意算盤完全失敗了。

他沒了那貓眼ＡＰＰ，連客訴都沒辦法。

他終於明白，自己似乎經歷了一場極其逼真的惡作劇，且金錢上的代價可真不小。

他敢上門向符紙婆婆討個公道嗎？

應該是不敢。

傻瓜

悵然的年輕人跟著三花貓走過這時光凍結的小巷弄，斑斑片片枯葉慢動作飄過他的臉和身子。

他來到那扇小木門前，敲了敲門，推門進房入座，從口袋掏出一只紫藍色絨毛小盒，揭開，放上木桌，推向符紙婆婆。

紫灰色大貓芋頭湊近絨毛小盒，嗅了嗅裡頭那枚小小的鑽戒，冷冷地說：「便宜貨，你想求什麼符？」

「求一場夢，一晚上就好……」年輕人苦笑說。

「你想要什麼樣的夢？」芋頭問。

年輕人搔搔頭，像是有些難以啓齒，但還是花了點時間講清緣由，講明心中那場夢的內容。

婆婆一面聽，一面把玩著那只便宜鑽戒，也不曉得有沒有認眞聽，但還是畫了張符給他。

「你回家自己抓時間燒符睡覺。」芋頭送客前，隨口說：「祝你有個好夢——雖然我不覺得這夢哪裡好，但你喜歡，那就夢吧。」

年輕人向符紙婆婆和芋頭深深一鞠躬，拿著符離去。

他望著捏在手中的符，遠遠見到一個大他十來歲，滿臉鬍碴、衣著破爛、模樣頹廢的男人，拖著一只大行李箱，在一隻玳瑁貓帶領下迎面走來，在停留於半空中的枯葉中與他擦肩而過。

兩人只交會一眼，錯身走遠。

每個走入符紙婆婆小巷弄的人，心中都懷抱著一個願望，至於心願最終是否能夠實現，就不一定了。

落魄男人在玳瑁貓帶領下，走進小木門，豪氣干雲地將大行李箱提上木桌。

「我想求符。」男人這麼說。

「你想求什麼符？」芋頭望著那只巨大行李箱。

「我想成爲暢銷作家。」男人說：「每本書都大賣的那種暢銷作家。」

「所以你是作家。」

「是。」

「窮作家？」

「是。」

「是。」

「想變成暢銷作家？」

「所以你帶來了什麼酬勞。」

「無價之寶。」窮作家這麼說，一面揭開大行李箱。

裡頭是滿滿的書，大多是鬼故事。

符紙婆婆面無表情，芋頭探頭嗅嗅那行李箱，說：「這箱子還算結實，勉強能求張美夢符，讓你在夢裡過過乾癮，但你幹嘛在箱子裡裝一堆廢紙？廢紙拿去資源回收，我們不收廢紙。」

「廢……廢紙？」窮作家不服氣地從箱中取出一本本書，攤開，每本都有自己的簽名和塗鴉。「這些都是我的心血結晶，全都是首刷書，每本都有我的簽名，等我大紅大紫，這些簽名書可值錢了，我不隨便幫人簽名的！」

「原來如此……」芋頭點點頭。「你是想先透過符紙獲利，再用獲利來支付尾款。」

「呃……」窮作家點點頭。「可以嗎？」

「要看情況。」芋頭便簡單明瞭解釋。「通常是不行，否則人人來求符買彩券、炒股票，那還得了？」

「話是沒錯……」窮作家試圖辯駁：「但我這些書眞的寫得很棒，本來已經有價值了，我並不是想投機取巧，我只是不夠紅，我想要得到一個受到矚目的機會，讓更多人知道我的書、我的故事……」

「寫得很棒你怎麼不紅？」

「因……因爲我沒那命吶……我寫了十幾年書，每本書都要寫好幾個月，我的粉絲團經營好多年也才那丁點人；有些人靠著裝瘋賣傻轉眼都能爆紅……」

土黃色小貓地瓜從桌底探出頭來，伸著懶腰說：「那你也裝瘋賣傻不就好了，你可以直播一邊吃大便一邊寫小說，這樣說不定會爆紅。」

「我才不幹這種事，我好歹有點文人風骨。」

「有文人風骨還來求婆婆？」地瓜說：「天底下的窮作家又不只你一個，要是大家都來求符，人人都變成暢銷作家，那其他人光是買書都買窮啦……」

窮作家仍想辯駁，但被芋頭打斷，芋頭舔舔爪子，說：「我坦白說好了，過去來求這類藉符獲利、想用獲利償還尾款的符，下場通常都不太好，甚至於很不好，理由很簡單——尾款絕對高於你的獲利。」

「是呀。」地瓜說：「我們會算你利息的，不然人人都是億萬富翁，誰還要工作？」

「這……」窮作家抓抓頭，茫然望著自己這箱書，喃喃地對芋頭說：「你剛剛說，我這箱書，只值一張美夢符？」

「不是這箱書，是只有這個箱子。」芋頭答：「箱子裡的書只是廢紙，我們不收廢紙。」

「……」窮作家莫可奈何，只好說：「那我就用這箱子，求張美夢符吧。」

「讓你夢見自己成為暢銷作家？」芋頭問：「你想看到自己的書登上銷售榜上第一名？這種夢倒不難。」

「不……」窮作家說：「也不見得要多美的夢，恐怖、噁心的夢也行，只要能給我點靈感，我對自己有信心，只要有不錯的靈感，我一定能寫出好東西……」

「那我看你不如求張美酒符好了。」地瓜插嘴。

「美酒符？」

芋頭解釋：「我看你這些書全都是鬼故事，你專寫鬼故事？」

「是呀。」

「婆婆能替你寫張美酒符，讓你去找一個老傢伙，他應該能提供你不少靈感。」

「老傢伙？」窮作家困惑問：「什麼樣子的老傢伙，能夠提供我寫作靈感？」

「是一個講鬼會成眞的老傢伙。」地瓜這麼說：「講鬼公公。」

□

窮作家愣愣望著堆在符紙婆婆小木門外牆旁幾張報紙上那幾大疊他的簽名書，書堆上擺著片小紙板，寫著「寄售」、「三折」等字眼。

書堆旁，擺著一只塑膠小豬公，像是隨意任人投錢買書一般。

符紙婆婆收下他的大行李箱，卻不要他的書，他沒了行李箱，一人也搬不走那麼大堆書，地瓜倒是提出了個大夥兒都能接受的提議——

將那大堆書堆在門外降價求售，倘若上門買符的有緣人剛好喜歡鬼故事，或許會帶走一、兩本，既然是寄售，收入五五拆帳，作爲這小攤的租金。

「幹嘛，還不走。」地瓜來到窮作家腳邊，打了個哈欠。

「這寄售攤位也布置得太寒酸了吧。」窮作家有些埋怨。

「跟現在的你差不多寒酸啊。」地瓜催促說：「快點啦——」

地瓜帶著窮作家走出這寂靜小巷，找間便利商店買了瓶洋酒、零食和幾個狗罐頭，再買了大袋滷味，往河堤走去。

窮作家看看廉價手機上的時間，過十點了，講鬼公公還是沒有現身，他坐在堤岸上，和身旁的地瓜有一搭沒一搭地聊著。

「你說你爲了專心寫小說，辭掉工程師的工作……」

「是呀，很多年前的事了……」

「寫了很多年，還是紅不起來。」地瓜說：「你沒有才能。」

「可能吧。」窮作家望著河岸彼方的樓宇夜景，說：「愛上了，沒辦法。」

「眞是傻瓜。」地瓜喵喵笑地舔著爪子。「跟他一樣傻。」

「誰？」

「一個來跟婆婆買符的小伙子，他剛走你就來了。」

「哦。」窮作家想起了那個與他擦身而過的年輕人，問：「他買了什麼符？你爲什麼說他傻？」

「呃……」地瓜左顧右盼，有些爲難——照理說每個客人的符事關個人隱私，不能夠隨便對外透露，但他偏偏就是想講。「我跟你說，你不能跟別人說，也不能寫出來喔，不然芋頭知道了肯定會罵我……」

「我就算寫出來，也沒人看吧。」窮作家自嘲。「我只是想知道，到底誰比我傻。」

「他用一枚鑽戒買一場美夢。」地瓜說：「他那鑽戒雖然也沒多少錢，但比你那個裝滿廢紙的大行李箱値錢多了。」

「……」窮作家不免抗議：「你可以用『庫存書』來取代『廢紙』這個詞彙嗎？」

「你不是寫小說的嗎？」地瓜反問：「用詞精準是必要條件呀！賣不出去的庫存書，跟廢紙有什麼分別？」

「停，我不跟你辯這個。」窮作家不想繼續在「廢紙」與「庫存書」這些字眼上和地瓜糾纏下去，只問：「他買了什麼美夢？」

「他單戀多年的對象，今天要被男友求婚了。」地瓜說：「他想用『男朋友』的視角，聽他愛的女孩，對他說出『我願意』三個字。」

「就這樣？」

「就這樣。」

地瓜補充：「他現在應該回家睡覺，也燒符了吧，婆婆的符能讓他的生靈出竅，飛入那女孩男友身體裡——當然，他不能控制人家的意識和身體，只能藉著女孩男友的視覺跟聽覺作一場美夢而已——不過他那鑽戒價值比他的願望高了點，婆婆可能會額外賞他點觸覺和嗅覺，讓他這場美夢更美一點。」

「就只有約會、求婚的過程，不包括晚上親熱上床？」窮作家問。

「廢話。」地瓜答：「他那枚鑽戒還沒那麼值錢。」

「是有點傻……」窮作家被逗得呵呵笑，沉默一會兒，嘆了口氣。「愛上了，沒辦法。」他說到這，頓了頓，又說：「不過還是我傻一點。」

「爲什麼？」

「他作完這場美夢，會回到眞實世界，會認識新的人、愛上新的人。」窮作家說：「我愛上的東西，會纏著我一輩子。」

「因爲你沒有才能。」地瓜這麼說：「有才能的人，能把自己的興趣幹得有聲有色，不會像你這樣自怨自艾。」

「好好好……」窮作家抱頭求饒。「我沒才能，我不像那些天才，腦袋裡有寫不完的東西，我腦袋轉得慢，我需要靈感，行了吧。你說的那講鬼老公公，到底什麼時候現身？」

「咦！」地瓜驚叫。「他來了。」

「講鬼公公來了？」窮作家連忙抬起頭，此時橋下依舊漆黑一片。「在哪裡？」

「我是說那個傻瓜來了。」地瓜抬起爪子，指向河岸彼方。

「在哪？河堤對面什麼也沒有呀。」窮作家皺眉細看。

「誰說在河堤上，是在一棟大樓的樓頂。」

「那麼遠我哪看得到！」

「你透過美酒瓶子看看。」地瓜指著窮作家懷中那瓶經過美酒符加持的洋酒。

窮作家狐疑地舉起美酒瓶子，湊近眼前，只見瓶中五彩燦爛彷如星河，那星河不停擴大，窮作家彷彿感到一枚枚彩星飛過身邊。

他看見一處高聳樓宇樓頂牆邊，有對男女，男人自後摟著女人，下巴抵在女人肩上，他們剛享用過一頓燭光晚餐，上頂樓看夜景。

窮作家隱隱看見男人身上重疊著另一個男人。

那男人神情茫然，想來是地瓜口中那位「傻瓜」。

傻瓜藉著那張用鑽戒換來的美夢符，買下一場美夢，令他能以男友視角，和女孩約會一晚。

傻瓜呆愣愣的，神情裡沒有太多幸福，他雖附在女孩男友身上，但總覺得自己更像是顆電燈泡，女孩與男友暢聊的所有開心的、不開心的話題裡，沒有一件事和他有關。

「是挺傻的……」窮作家苦笑。

「啊呀！」地瓜喵喵一聲。「高粱來了、講鬼公公來了！」

窮作家放下酒瓶，聽見一陣幼犬叫聲飛快逼近。

小幼犬高粱撲上地瓜，一陣亂舔，地瓜和高粱打打鬧鬧，一路滾下堤防斜坡，在草皮上追逐起來，往橋下那昏黃光亮處奔去。

講鬼公公窩在幾片攤平了的瓦楞紙箱上，抱著條大狗呢喃自語。

窮作家立時提著酒菜趕上。

「臭老太婆又來給我送美酒啦？」講鬼公公遠遠望著走來的窮作家手中那瓶發散彩光的美酒，忍不住連連大嚥口水。

「是這樣的！」地瓜奔到講鬼公公身旁，嘰哩呱啦地介紹這窮作家來意。「他跟你一樣喜歡鬼故事，但他沒有才能，寫了很多年都寫不出名堂，想請講鬼公公你教他幾招。」

「教幾招？」講鬼公公哈哈大笑。「說故事怎麼教呀？說故事是講天分的！你看過哪個很會說故事的人是被人『教』出來的。」

窮作家聽講鬼公公這麼說，苦苦一笑，走上前恭恭敬敬地遞上酒菜，乖乖揭開狗罐頭分給一隻隻狗兒享用。

「一流的當然不用教，自己就會。」地瓜說：「可是把九流教成三四五流總行吧。」

「目標是三四五流呀……那或許可以。」講鬼公公捧起酒瓶，透過瓶中銀河瞧那蹲在狗群間的窮作家。「不過我覺得他天分沒那麼差呀，日子過得破破爛爛，還死撐著寫了這麼多年，表示喜歡那件事情，『喜歡』本身就是一種天分啦。」

「是呀。」地瓜補充：「他剛剛說『愛上了，沒辦法』——就跟早他一步那個傻瓜一樣。」

「哪個傻瓜呀？」講鬼公公循著地瓜小爪指向，瞧了瞧河岸遠方高樓上那個傻瓜，聽地瓜講他求符始末，呵呵笑地打開美酒，啜飲一口，說：「是傻瓜沒錯——怎麼那臭老太婆一天到晚幫這些傻瓜幹些傻事呀？」

「死老酒鬼，你不要一天到晚說婆婆臭好不好？」地瓜抗議。「沒有婆婆的美酒符，你去哪找這麼好的酒？」

「這酒是我應得的！」講鬼公公辯駁說：「臭老太婆又不是大方請我喝酒，她收人家錢，隨便畫張符就把事情推給我；她輕輕鬆鬆，我做苦工！」

「你哪有做苦工！」地瓜叫：「不過要你喝酒說點故事罷了。」

「不要。」講鬼公公搖搖頭，向窮作家招招手，要他過來。「你先講幾個故事我聽聽。」

「我講？」窮作家有些傻眼。

「我想知道你寫過哪些鬼呀。」講鬼公公說：「這樣我才能講個你沒寫過的。」

「也對喔……」窮作家想想覺得有道理，來到講鬼公公面前盤腿坐下，思索半晌，講出幾個自己覺得還算滿意的故事。

講鬼公公一面喝酒吃菜，還不停透過酒瓶看彼岸那傻瓜動靜，也不知有沒有認真聽故事。窮作家正講得口沫橫飛，卻被講鬼公公揚手打斷。

「好戲上場了！」講鬼公公捧著酒瓶瞧著河岸遠方，像是對窮作家的故事一點也不感興趣。

河岸那頭高樓，一群穿著西裝禮服的男孩女孩們，各個持著樂器，悄悄來到那對男女身後。

女孩察覺身後動靜，好奇想要轉身瞧瞧，卻被男友緊緊摟著不讓她看。

直到那群人準備齊全，他才摟著她轉身。

那群人全是她音樂系同學，受她男友邀約，這晚齊聚到大樓頂，想要替兩人舉辦一場專屬音樂會；他們顯然做足了功課，不但帶著樂器、身穿正裝，且還準備了幾支燭台，點起浪漫燭火。

男友彈了彈指，同學們一齊演奏，那是女孩最愛的一首歌。

女孩紅了眼眶。

男友摟緊女孩，閉著眼睛默默欣賞。

「哈哈哈。」講鬼公公忍不住笑了，見窮作家一臉茫然，知道他瞧不見那頭情況，隨手摸出個髒酒杯，倒了小半杯美酒請他，要他喝完之後將那酒杯當成望遠鏡，陪自己一同看好戲。

窮作家無奈喝乾那小杯酒，透過空杯，再次見到絢爛星河，見到高樓頂上的小小音樂會。

那對情侶額頭抵著額頭，低語著情話。

重疊在女孩男友身上的「傻瓜」，身子微微發顫。

「這是美夢？」講鬼公公笑著說。「還是刑求？」

「所以叫他傻瓜嘛。」地瓜說：「而且說不定人家現在幻想自己是她男友，幸福得發抖。」

「……」窮作家默默看著那小小音樂會，耳際甚至聽見了樂聲，眞的挺好聽、挺浪漫的。

但是聽在傻瓜耳裡，悅耳嗎？鑽進心裡，動心嗎？

「考考你。」講鬼公公突然開口，對窮作家說：「現在立刻替那傻瓜編個故事。」

窮作家呆了呆，繼續透過酒杯，望著遠方燭光音樂會裡的那對情侶和傻瓜，緩緩地說：

「也許那個傻瓜……很愛女孩，但女孩愛的不是他，所以他只能透過這樣的方式，幻想一下自己成爲女孩另一半的滋味，不過現在看起來，那滋味應該沒有他想像中那麼美……」

窮作家隱隱看見依附在女孩男友身上的傻瓜，垂頭顫抖，像是在流淚。

他似乎是這場洋溢著幸福的燭光音樂會裡，最傷心的一個。

女孩望著他時的眼神，有著過去他從未見過的愛意。

女孩牽著他手的感觸，是過去他從未體驗過的溫柔。

他這場夢的目的，就是假扮成他，享受一下被她喜愛的感受。

現在他感受到了，但這感受五味雜陳，和他本來以爲的不太一樣。

因爲他終究不是他。

女孩今夜散發出來所有的濃情蜜意，都不是因爲他。

男友單膝跪下，掏出酒紅色小盒捧向女孩，揭開，裡頭是枚美麗鑽戒。

音樂演奏來到了最高潮，女孩雙手掩住口鼻，感動落淚，點了點頭。

男友起身，在女孩額頭親了一下，牽起女孩的手，替她戴上戒指。

依附在男友身上的傻瓜，顫抖地做起相同的動作。

但當傻瓜見到女孩又哭又笑的面容時，儘管自己同樣淚流滿面，卻仍然露出了笑容。

因爲他感受到她這一刻眞心流露出的幸福，所以稍稍釋懷。

「愛上了，沒辦法……」窮作家喃喃自語。

「傻瓜不只一個。」講鬼公公嘿嘿一笑。「還有個傻瓜，嫁了個傻老公，爲了幫傻老公實現夢想，挺著大肚子自己工作掙錢，讓傻瓜老公辭去工作，專心寫小說……」

窮作家愕然放下酒杯，瞪大眼睛望向講鬼公公。

「你怎麼……知道？」

「你管我怎麼知道。」講鬼公公瞪了瞪他。「你乖乖看戲，我講我的故事，你別打岔——」

「聽到沒。」地瓜幫腔。「別隨便打岔，講鬼公公最討厭人家在他講故事的時候打岔。」

那傻老公在婚前就不停參加各種小說比賽，每次入圍，他總會開心嚷嚷這次一定會得大獎，成爲暢銷作家，帶她環遊世界；每次決選被淘汰，也會窩在她懷裡哭得像個小孩，說環遊世界這個計畫，要晚一點才能實現了。

每次每次，總是差那麼一點，投稿十次有九次被退稿，剩下的一次修修改改好一陣子，還是差那麼臨門一腳。

他第一次出書時，興奮到成天拉著她四處巡視書局有沒有擺上他的書，他們偶爾會偷偷替他的書從不顯眼的小角落，調換到醒目的位置，再竊笑著離開，巡視下一間書局。

然後他們結婚了。

婚後半年後某夜，他比平常更晚回家，拉著她的手，說剛剛見過出版社老闆，編輯部對他這次提案題材很感興趣，認為有機會大紅，要他加油。

他說自己這次絕對可以一炮而紅，然後把一堆鳥蛋案子砸在公司主管臉上，說自己他媽的不幹了，要轉職當暢銷作家了。

他為了這個夢想，每天辛勞加班，回到家逗她開心哄她睡覺，再自己一人回到桌前、翻開通勤時貼著車門記下的故事筆記，寫起夢想讓他能夠一炮而紅的故事。

她偶爾半夜醒來，下床看過幾次他伏桌睡死的模樣，替他披上幾次外套之後，偷偷替他寫了辭呈；她特地請了個假，趁他上班時去他公司，在主管將他當狗罵的時候，將辭呈扔在主管腳下。

「老娘我不准我老公繼續待在這間破爛公司了！」

她大罵出這句話，拉著他轉身就走；他腦袋一片空白，猶豫是否該回去搶回那封辭呈，比狗還不如地向主管道歉時，她轉身給他一個深吻，說她相信他。

她說她看過他的故事了，很棒很棒，一定會大賣。

她要他專心寫，早點變成暢銷作家，快點帶她環遊世界。

那麼——在這之前的房租和生活費呢？

「你可以加班，我不行嗎？」那時她這麼說：「你瞧不起我嗎？」

「謝謝妳……」他哽咽回答：「我一定會帶妳環遊世界。」

他開始專心寫作，她開始主動加班。

就在他故事第一集千修百改，終於完稿寄出的傍晚，他替她煮了鍋雞湯，迫不及待地等她下班，要替她搥背按摩、好好伺候她一番。

但他沒有等到她回家，只等到一通來自醫院的電話，告訴他，她出了車禍，正在急救。

她懷孕了，每天加班好累好累，卻沒有說。

她覺得自己應該撐得到他版稅入帳；她喜歡他的故事，她相信他可以紅起來。

到時候，會很幸福很幸福吧。

如果紅不起來呢？

頂多兩個人一起加班，還是可以很幸福的。

就在她頂著微微隆起的肚子騎車，見綠燈剛起步，催油門前進，心想一頓加料泡麵的幸福未必輸給名店大餐時，一輛闖紅燈的轎車撞上了她。

他待了幾天加護病房，終於等到她睜開眼睛。

她握著他的手，要他好好努力，她相信他一定會成功。

他跪在病床旁，涕淚縱橫說自己對不起她，說早知道就不寫了，兩人一起努力工作，照樣可以環遊世界。

「愛上了，沒辦法……」那時候她這麼說：「你的夢想就是我的夢想……」

「那妳呢？妳才是我的夢想！」他哭著答：「妳如果不在，我的夢想還有什麼意義？」

「那……」她用盡最後的力氣握緊他的手。「你以後……替我實現夢想吧；我相信……你一定會成功、你要對自己有信心、你一定……」

他跪著哭求她別說這種話，他求她一定要撐過去，兩個人一起實現夢想。

她很想很想答應他。

過去許多年，每當他像個孩子般哀求她某些事時，她總是無法拒絕。

但這一次，答應與否，由不得她了……

後來，他獨自一個人寫了很多年、很多本，還是沒紅。

別說環遊世界了，連每月房租都繳得十分艱困……

窮作家發著抖、淚流不止地聽著這個熟悉的故事，舉著空酒杯望著遠方樓宇上那傻瓜的孤單身影。

樂聲止息，同學們圍繞上來，對著兩人歡呼，男友一把將女孩公主抱起，在同學們簇擁下，下樓開趴慶祝。

傻瓜在男友對女孩公主抱的同時，也曾試著動手，但他的生靈與女孩男友漸漸分離，行動窒礙困難。

婆婆的符效力已盡，傻瓜只能望著心愛的她，紅著臉被求婚成功的男友抱在懷裡，逐漸遠離的背影。

傻瓜低下頭，生靈漸漸化散。

美夢結束了……

地瓜追問講鬼公公：「那然後呢？你不給傻瓜一個結局？」

「你說哪個傻瓜？」講鬼公公問：「傻瓜太多了，我不知道你說哪個。」

地瓜本來想調侃一下窮作家，但見他垂頭痛哭，像是心中深藏多年的傷疤被硬揭開來刨刮般痛苦，便指向河岸遠方。「那個。」

「那個喔……」講鬼公公歪著頭想想，說：「我看那個可憐傻瓜醒來可能要自殺了，他自殺之後，會碰到一個女鬼……」他講到這裡，身旁立時若隱若現出一道女人身影。「看在他這麼傻的份上，賞他一個女鬼好了……」

「等等！」地瓜連忙打斷講鬼公公的話，喵喵嚷嚷：「符紙婆婆是要我帶路，不是要我來害人自殺，老酒鬼你不要一天到晚亂講話！快給我改掉剛剛的故事！」

「我最討厭人家改我故事，不過……」講鬼公公瞥了身旁窮作家一眼。「年輕傻瓜還有大好前途，一覺醒來哭一下就沒事了；至於這傻瓜女鬼，請都請了，我也用不著……」

他說到這裡，指向窮作家。「喂，你不是專寫鬼故事嗎？讓這女鬼陪你寫好了。」

女鬼緩緩走到窮作家面前。

窮作家抬起頭，不敢置信地望著那「女鬼」。

是她。

是那個曾經替他寫辭呈、爲了完成他的夢想主動加班，最後在他面前斷氣的她。

「啊！啊……」他連忙要站起，但是因爲太過激動，腳步有些踉蹌。

她微笑扶住他，她的外表、手握著手的觸感，都和當年一模一樣。

「哇——」窮作家緊緊抱住她不放，那彷如隔世、幾乎要遺忘的觸感令他害怕自己一鬆手就大夢初醒般消失。他大哭地說：「對不起、對不起……我沒有才能……我辜負了妳……妳走之後，我一個人寫了好久好久，寫到現在，還是……還是……」

她哀愁一笑，沒說什麼，哄小孩般輕輕拍著他的背。

「傻瓜！」講鬼公公大喝一口美酒，突然說：「鬼故事是寫給人看的，你這些年活得比鬼還像鬼，寫出來的鬼故事鬼才會買，你把我剛剛講的故事寫出來，說不定會紅一點。」

「對呀。」地瓜在一旁幫腔。「你自己的故事，比你寫的那堆廢紙好多了。」

「女人呀，以後他就交給妳了，妳盯他進度、替他想些點子，他偷懶妳就變個恐怖模樣嚇嚇他。將來他能不能紅，就看他自己造化了。」講鬼公公一面說一面喝酒，揮了揮手像是下逐客令。

「謝謝您……」她拉著如同中了樂透胡言亂語的窮作家，向講鬼公公深深一鞠躬。「謝謝！謝謝講鬼公公！你好厲害！你眞的好厲害……」

講鬼公公揮了揮手，不再開口應話。

對岸高樓頂樓空空蕩蕩，年輕傻瓜已經消失。

這頭兩個傻瓜，手牽著手，又哭又笑地要回家想故事了。

地瓜望著兩人遠去背影，問：「人不是很聰明嗎？爲什麼常常做出蠢事？」

「愛上了，沒辦法嘛……」

講鬼公公啜飲美酒，下令身邊狗群通通擁上去舔地瓜，像是惡作劇般，舔得他一身狗口水，讓他回去被最討厭狗的芋頭一爪轟飛，不許他進門。

當一個人很愛一件事時，常常會義無反顧地放手一搏。

當一個人很愛一個人時，常常會變成旁人眼中的傻瓜。

鄰居

深夜橋下，中年人蹲在講鬼公公面前，笑咪咪地提供講鬼公公故事大綱，懇求講鬼公公開開金口，賞他一個故事。

應該說賞他鄰居一個故事。

他與同一棟大樓的對門鄰居不睦多年——雖然在外人眼中看來，他與鄰居間的恩怨幾乎都是他單方面找碴，他對鄰居的嫌惡，多半出於他的嫉妒。

鄰居男人比他晚兩年搬入大樓，比他高帥，還有個漂亮老婆，曾經有段時間，他對鄰居老婆有過不少遐想；他覺得自己雖老了幾歲、外貌差了些，但收入更好、開的車也更好，為何自己老婆比對方的差了許多？

又過了兩年，對方收入似乎追過自己、換了車，自己卻與妻子離異。

這麼一來，他對鄰居男人的嫉妒感就更強烈了，他將自己與妻子離異的一部分原因，怪罪在對方身上——有段時間，他與前妻吵架時，總拿鄰居夫妻優點來數落對方，他嫌妻子不打扮也不保持身材，前妻要他先撒泡尿照照自己的樣子。

他本來打定主意找到新情人就和妻子離婚，誰知道妻子搶先一步和他攤牌，說兩人之間沒有愛了。

離婚半年，妻子就結識了新歡，很快再婚。

他想找個勝過鄰居妻子的女人，但他看上的幾個對象都拒絕他。獨居數年，對鄰居妒恨更深，總覺得鄰居夫妻出入家門時，故意大秀恩愛刺激單身的他；他開始三天兩頭挑對方毛病，垃圾分類、停車位置、說話音量，他總有找不完的碴。

對方總是從容面對、忍讓配合，這反而令他更加妒恨，覺得對方收入更高之後，開始瞧不起自己了。

他想要狠狠教訓對方。

講鬼公公默默吃著酒菜，盯著眼前這中年男人數落鄰居種種不是，以及他想聽的故事走向——

讓鄰居家裡鬧鬼，逼瘋他一家，最好逼得他搬家。

「告訴我地址，還有他們夫妻叫什麼名字……」講鬼公公懶洋洋地說：「我送隻鬼過去他家。」

「好！」中年男人欣喜若狂，心滿意足返家。

□

尖叫聲從對門響起。

中年男人興奮極了，這兩週他一聽門外有動靜，就貼上門，透過門上貓眼窺視返家或出門時的鄰居夫妻有無異樣。

終於讓他等到了。

他緊張地連連嚥著口水，貼在門上貓眼偷瞧，就連自己都有些害怕，幻想著要是鄰居夫妻被鬼嚇得奪門而出，他或許也會見到那隻「鬼」，即便那鬼是他自己向講鬼公公討要的「鬼」，他還是有些畏懼。

但那聲尖叫之後，對門只隱隱透出一陣零碎細語，便不再有什麼動靜。

接連幾天，也沒有後續發展，他甚至覺得總是出雙入對的鄰居夫妻更加甜蜜了。

他不禁有些失望，覺得或許是講鬼公公派來的那隻鬼不夠凶惡。

又過了一陣子，他留意到鄰居似乎準備搬家，這讓他再次興奮起來，他覺得這陣子他們的幸福模樣或許是死撐出來的——

他突然有個念頭，當時應該請講鬼公公在故事裡加油添醋，把自己也講進故事裡，例如請那鬼使鄰居夫妻失和，同時協助他趁虛而入。

他覺得這樣一來，就能將那男人的尊嚴狠狠踐踏在腳下。

這突如其來的想法，讓他興奮到了極點。

他透過貓眼，瞧著鄰居夫妻微笑招待搬家工人上門的模樣，認眞盤算起那使他興奮莫名的壞心眼，他覺得應該再請講鬼公公吃頓酒菜，再弄隻鬼過去，將自己的妄想付諸實行——

不過他得先打探出鄰居夫妻的新住址才行。

爲此，他特地從櫃中拿出瓶名酒，假意出門向鄰居寒暄閒聊，說過去是自己不好、計較太多，走了個好鄰居讓他有些失落；鄰居夫妻有些受寵若驚，也回送一份糕餅，三人在廊間聊了好半天，鄰居夫妻這才隨著搬家工人一同前往新居。

中年男人提著糕餅，關門返家，臉色猙獰。

講鬼公公講的故事，似乎和他想像中不太一樣。

他們不是被鬼嚇跑的，而是中了彩券大獎，換了新屋，就在距離這兒不遠的高級社區。

「我也不清楚自己爲什麼會買彩券，以前我不玩那東西的，偏偏連續好幾個晚上，都夢見有個人不停報數字給我，有天我記下那些數字，順手就買了；誰知道竟然中了獎。」

當時鄰居男人這麼說，自然，並沒有具體說出自己中了多大的獎，換新屋本來就在他們規劃之中，只不過那彩券獎金倒眞使他們換屋預算提高不少。

中年男人提著糕餅在房中繞走半晌，越想越氣，氣得將整盒糕餅砸在地上。

「這不是我要的故事……這麼好的故事，應該給我的……」

他這麼想著，立刻又出門買了幾瓶高級洋酒和幾份餐廳菜餚，來到那座橋下，等待片刻，等著了講鬼公公。

「我好像見過你。」講鬼公公懶洋洋地打著哈欠，接過男人遞上的酒，揭開就喝。

「是……」男人說：「之前請您替我鄰居講了個故事，只是結局跟我想的不大一樣……」

「不一樣？」講鬼公公反問：「哪裡不一樣？他們不是被嚇跑了嗎？」

「那隻鬼沒有嚇人，反而報了明牌給他們，讓他們中了獎，換了新屋，今天剛搬走……」

「那不是很好嗎？」講鬼公公冷冷地說：「你嫌我故事講得不好？」

「不……」他連連搖頭，說：「我想再向您討個故事，請你也派隻鬼，報點明牌給我，最好中頭獎……」

「好！」講鬼公公一口答應。「鬼已經在你家等你了，你一回家，那隻鬼會立刻報明牌給你。」

「喝！」中年男人想不到講鬼公公這麼直截了當，寒暄幾句，興奮回家。

他進門開燈，嚇得差點腿軟。

一隻身穿紅衣的女鬼，頸上繫著一條繩子，吊在客廳正中央，神情淒厲駭人——倘若他在毫不知情的情況下見到這場面，或許要嚇得心臟病發，但他開門前已經做足準備，所以此時只嚇得雙腿發軟，搖搖晃晃地幾欲跌倒，他關上門，縮在角落，目光不敢與女鬼對視。

跟著，他發現客廳四周有著大片血跡，彷如命案現場。

有些血痕明顯是數字。

「七、十六、二十四……」他發現血跡中的數字，連忙取了紙筆抄下，再次匆匆忙忙出門買了彩券，直接在彩券行等待開獎。

他中獎了。

是個四百元的六獎。

他失望返家，那紅衣女鬼仍一模一樣地吊在客廳，他驚恐無比，急急忙忙又帶了酒菜去找講鬼公公。

「怎麼又是你？」講鬼公公前一頓酒菜還沒吃完，見他提著新酒新菜來。

「我……我想請您再講一個故事給我……」他這麼問：「照著我說的故事，我講一句、你講一句，行嗎？」

「行吶。」講鬼公公一面吃著酒菜，隨口說。「你講吧。」

男人先報上自己大名，跟著說：「明天傍晚，遇上一位溫柔可愛的女鬼。」

講鬼公公也照著唸了男人姓名：「明天傍晚，遇上一位溫柔可愛的女鬼。」

「女鬼報了大樂透下期『頭獎』數字給他，然後離開他。」他特別強調了頭獎兩個字。

講鬼公公照著唸了。

他放心回家，開門，見那紅衣女鬼依舊吊在他家，這才想起自己忘了請講鬼公公驅離這女鬼，他三度提著酒菜去找講鬼公公時，已經找不到了。

他莫可奈何，上旅館待了一夜，隔天下班，剛上車，正要發動引擎，就從後照鏡裡，見到後座坐著隻新的女鬼——女鬼整張臉是腐爛的。

「喝！不是說溫柔可愛嗎？」他嚇得差點尿濕褲子，同時聞到一股濃厚的屍臭味，那女鬼緩緩擠到副駕駛座，抬手在窗上寫下幾組數字，開門離去。

女鬼雖離去了，但屍臭仍瀰漫整輛車，座椅、椅背上甚至殘留著惡臭腐液；他連連乾嘔，強忍著車內屍臭，記下數字，駕車找了間汽車清潔公司，交代對方請務必將車裡腐液、臭味清潔乾淨——他編了個理由，說同車友人酒醉吐在車內。

「嘔吐物……」那汽車清潔人員檢視了車內。「哪裡有嘔吐物？」

「你看不見……這些？」他有些愕然，伸手指著副駕駛座椅上的惡臭腐液。

「是有些髒污啦……」清潔人員抓抓頭。「但我沒聞到臭味，你要全車清潔也是可以。」

「你有沒有看見？」他錯愕地指著車窗上的腐液數字。「上面的數字……」

「數字？什麼數字？」清潔人員困惑問。

「算了……」他莫可奈何，仍付了錢，要求車內全面清潔，約定取車時間。

他再次來到彩券行，買了下一期的彩券，返家只見那紅衣女鬼仍面貌淒厲地吊在客廳，他猶豫該不該再上旅館過夜，還是先找講鬼公公講「走」這女鬼——但他的車還在清潔，他沒辦法在那濃厚屍臭味的車裡待太久。

他見女鬼只是吊著，不具威脅性，心想乾脆回臥房關起門熬一晚，隔日取車再找講鬼公公。

但他踏進臥房才發現，剛剛那腐爛女鬼躺在他床上，臥房瀰漫著同樣的濃厚惡臭。

他駭然逃離自家，備齊酒菜叫了輛計程車，再去找講鬼公公。

他等了一夜，講鬼公公卻沒現身。

翌日，他去取車，車裡惡臭依舊——清潔公司看不見那些腐液，也聞不到惡臭。

他硬著頭皮將車開離，找了個停車位置下車，抱腹嘔吐一陣，向公司請了幾天假，找了間旅館待著等待開獎——要是中頭獎，工作也可以辭了。

他在旅館裡等了兩天，又是六獎，四百元。

他氣急敗壞地帶著酒菜，再次來到橋下，講鬼公公現身了。中年男人壓抑著滿腹怨氣，擠出笑容，一面替講鬼公公端菜遞酒，一面問：「上次那隻鬼，跟您講的故事……有點不一樣呢……」

「哪裡不一樣？」講鬼公公瞇著眼睛問。

「那女鬼，一點都不溫柔可愛……」

「誰說的！明明就很可愛呀。」講鬼公公對這點十分堅持。「你沒看她的臉，濕濕黏黏軟軟的多可愛呀，又很顧家，一離開你，馬上回家等你，這麼好的女鬼上哪去找？」

「……」他不想在「可愛」這種主觀認知上多費唇舌，說：「且她報給我的明牌，不是頭獎，是六獎，只中四百元。」

「可能她報錯了吧。」講鬼公公隨口答：「也不是每隻鬼報明牌都報得準，如果你要請個報明牌報很準的，要說你碰上的是一個『明牌報得很準的鬼，報了個很準的明牌給你』呀。」

「好……」男人強耐怒氣，再次要求講鬼公公，講他會遇上一個「報明牌非常準確的鬼」，用「不髒不臭不可怕」的方式報明牌給他，然後離他越遠越好，也不要上他家；同時，他家中兩隻女鬼，也請乖乖離去。

講鬼公公照著講完，只補上一句：「不過有時我講出來的鬼，未必乖乖聽我話呢，有時我自己都控制不了他們。」

「什麼？」男人正愕然間，就感到一雙黏滑雙手自後勾來，摟著他脖子，同時一雙細長腿也自後箍著他的腰。

是第三隻女鬼。

顯然不太聽話。

他駭然大叫，卻聽見女鬼湊在他耳際說話，是些數字。

他取出手機，記下那些數字，想請講鬼公公驅離這女鬼，但講鬼公公只顧著吃喝酒菜，隨口敷衍說：「喂喂喂……別纏著人家，報完明牌滾遠點呀……」

「不要……」

濕濡女鬼這麼說。

講鬼公公說：「看吧，她不聽話。你忍耐幾天，她們想走時自然就會走了。」

「……」他感到十分無助，揹著這女鬼上彩券行又買了張彩券。

返回旅館，等了幾天，六獎，四百元。

他揹著女鬼，像是習慣了女鬼身上鬼味，茫然回到家，走過上吊紅衣女鬼，來到臥房，腐爛女鬼仍一動也不動地躺在床上。

他無助地在床沿坐下，突然眞心覺得比起這些新室友，過去那對鄰居夫妻實在好相處多了。

倘若他大度一點，或許他與妻子不會離異。

倘若他不三天兩頭找鄰居麻煩，或許他們不會搬走。

自己也不會惹上這些「室友」。

她們什麼時候走？他不知道。

要不要再去找講鬼公公聽新故事？他不知道。

接下來的日子到底該怎麼過下去？

他也不知道。

弄鬼成真

房間漆黑昏暗，夢夢閉目垂頭，盤腿坐在床前一個符籙圈陣裡。

這漆黑房間裡唯一的光源，是夢夢前方那支燃著青火的藍色蠟燭。

這支短小的藍色蠟燭，是她手工製作，加入特殊材料，以致於燃著青色的火。

她雙手姿勢像是取暖、又像是加持般地對著那支藍色蠟燭。

一動也不動。

一旁一面立鏡斜斜地映出夢夢身影。

夢夢的嘴巴微微呢喃，用氣音低吟出像是咒語般的聲音。

「喂喂喂，快到十二點了啦！」

「噓，不要發出聲音啦……」

牆上秒針一點一滴往前，逐漸逼近午夜零時。

「五七、五八、五九……」

十二點。

夢夢依舊閉目不動，一旁鏡子裡的夢夢卻陡然抬頭，睜開眼睛。

「哇——」

「動了！動了！」

畫面紊亂晃動、室內燈光大明，有人開了燈。

亮著燈的房間，是個公主風格的女孩臥房。

鏡頭切回夢夢，她瞪大眼睛望著鏡子裡的自己，又望回鏡頭，好奇追問：「你們看到了什麼？」

「剛剛動了啦！鏡子裡的妳眼睛睜開了啦！」

「眞的嗎？」夢夢驚訝掩嘴笑說：「那表示我成功了？」

「眞的啦！不要再玩了啦！再玩下去會出事啦——」

「哈哈哈！眞的嗎？我要看我要看！」夢夢奔出鏡頭。

跟著，是這段影片的字幕和解說，以及剛剛零時異象的慢動作、特寫，與後續說明，還有工作人員名單。

「呃，爲了大家的安全起見，這個遊戲暫時就到這裡……」一個二十出頭的大男生繞到鏡頭前，對著鏡頭無奈苦笑說：「本來這個『藏鏡人』祕術，只是我們聽來的小把戲，沒想到眞的成功了，但我們實在不敢繼續下去……」

「要是她跑出來怎麼辦啦？」夢夢也繞回鏡頭前，與那大男生一搭一唱。

「她眞跑出來妳把她打回去呀。」鏡頭外傳出這樣的嬉鬧口白。

「我哪行啦！」夢夢笑說：「我沒那麼厲害。」

「妳行啦，妳通靈美少女耶！」身旁大男生立時接話，像是主持人般，和夢夢一同向鏡頭鞠躬。

「今天的『夢夢通靈事件簿』，就到這裡告一段落，如果大家喜歡我們的話，請訂閱加分享……」

這部影片推出兩週，點擊數突破五十萬。

「夢夢通靈事件簿」在某個專屬影音平台上，至今推出了二十幾集，反應有冷有熱，這集「藏鏡人」算是反應相對熱烈的一集。

□

夜晚十點。

兩輛機車駛到一座冷僻河濱，下來四人。

夢夢是其中一人，也是「夢夢通靈事件簿」裡的女主角。

另外三人，除了這四人團隊裡的團長兼企劃兼主持人外，還有一個攝影師和一名影像後製。

四人年紀相仿，都二十出頭，合組一個工作室，目標是將夢夢打造成網路紅人，除了靠影片點擊率賺錢外，更企圖拉高知名度後能接些業配、產品代言，一步步擴張經營版圖——

這是這些年新崛起的一種網路創業風潮，許多本來與演藝圈毫無瓜葛的平民素人，藉由影音平台發表各式各樣的有趣企劃、點子，逐漸吸引目光、聚集人氣，知名度甚至一點也不輸給演藝圈二、三線明星。

自然，這條路也並非人人可行——夢夢在拍攝通靈事件簿前，嘗試過居家打掃、閒話家常、遊戲直播……但那些影片點擊率都低得可憐，直到某次她在與主持人一搭一唱講著鬼故事，好巧不巧講到故事高潮時，室內電燈陡然熄滅，大夥兒驚嚇尖叫，暫停攝影。

這次突發事件影片，反而博得了相對高的點擊率。

這讓身兼企劃和主持人的團長靈機一動，打算將面貌不差的夢夢，打造成「無意間發現自己擁有通靈體質的通靈美少女」。

一系列「夢夢通靈事件簿」影片，就這麼推出了。

雖然電燈不會每次都在夢夢講鬼故事的時候壞掉，但這效果一點也不難造，手動即可。

除此之外，窗簾突然吹動、窗外人影晃動、燭火瞬間熄滅等等效果，真要造假，也挺容易，如果需要更進一步的效果，就得透過影像後製加工了。

後製跟在三人後頭步下河堤，連連抱怨：「團長，不要想這麼難的梗啦，這樣效果很難做，我要熬夜做很久——」

團長轉頭說：「一直講故事，大家聽久會膩，上次『鏡中人』那集你看多紅！」

「那集快搞死我耶！」後製大聲抗議。

那突破五十萬點閱數的鏡中人特效，說穿了其實也不難，就一路拍到夢夢睜眼抬頭，停頓幾秒，然後燈光大明，夢夢起身故作驚訝——鏡中人快半拍睜眼的效果，不過就是使用影像修圖，將影片後幾十格夢夢鏡中睜眼抬頭畫面，逐格修圖取代前幾十格鏡中她低頭閉眼的畫面，製造出低頭和抬頭的一秒時間差。

那昏暗室內、神祕符圈、青火藍燭、不時穿插畫面的說明字幕，都是用來掩飾逐格修圖的不完美之處。

尤其是那個攝影師假裝受到驚嚇而紊亂搖晃的鏡頭，製造出來的一個完美的剪接點，讓整部影片看來流暢自然。

「光是那一、兩秒，我就要修好幾十張圖耶！」後製抗議。「還沒加上字幕……」

「幹！」揹著大包攝影器材的攝影回頭對後製嗆聲：「這就是你的工作呀，不然找你來幹嘛？每次外景我大包小包有說什麼嗎？不然你幫我揹、幫我攝影，我負責後製好了，你那些軟體我也會用好嗎？」

四人吵吵鬧鬧地來到白晝時事先挑好的橋下河邊，準備「製作」通靈影片。

這次的主題是「水鬼」。

在團長的構思下，夢夢會托著她那招牌青火蠟燭在河畔漫步，沿路述說幾則水鬼故事，然後抵達橋下；重頭戲是當夢夢走入橋下時，橋下梁柱間隙會竄過鬼影——

團長早已擬定製作的幾種方式，包括派後製親自上陣扮演水鬼，或是用釣線拉動道具，又或是直接用影像後製出鬼影。將主戲安排在橋下，就是想藉著橋下巨大梁柱作爲搞鬼屏障，鬼影在梁柱後方竄動，比在空曠河岸現身要好拍得多；二來也能讓夢夢的招牌青燭光火映照在梁柱上時，更顯陰森詭譎。

但四人才往預定拍攝地點走去，遠遠便見到橋下亮著淡淡光芒。

有個老人窩坐在幾片瓦楞紙箱上，身旁一盞小油燈昏黃黯淡，腿邊堆著幾個空酒瓶。老人逗弄著幾隻流浪狗，和狗兒們說話嬉笑。

「有人耶，怎麼辦？」夢夢停下腳步。

「……」團長扠腰思索半晌，從皮包掏出一千元遞向後製。「請他先離開一下，等我們拍完再回來。」

「呃……」後製雖然有些疑慮，但仍接過那張千元大鈔，往那老人走去。

「對了，如果可以的話——」團長不忘吩咐。「叫他把狗也暫時帶走，不然可能妨礙到我們拍攝……」

三人遠遠望著後製走向老人，對著老人比手畫腳半晌，老人卻始終沒有伸手去接那張鈔票。

後製氣喘吁吁地跑回來，說：「那老頭子說他不要錢，要喝酒，最好配點小菜……」

「一千元還不夠他吃喝？」

「他說自己懶得買。」

「那你去買給他。」

「嘖……」後製心不甘情不願地跑出堤外，騎車駛去鄰近便利商店，買了幾手啤酒和一堆下酒零食，又氣喘吁吁地返回原處，與老人協商片刻，跟著氣急敗壞地奔回，說：「他說他不想走，頂多陪我們聊天說故事。」

「什麼？」團長看那老人收下酒菜，卻仍賴著不走，一時無計可施，但他見老人模樣古怪神祕，突發奇想，和三人商量一番，決定臨時修改腳本。

「什麼？你們要直接跟他聊？」後製喘吁吁地接過夢夢遞來的一袋假髮、白袍和一瓶礦泉水。

「嗯。」團長點點頭，說：「那老頭看起來就像個有故事的人，我跟夢夢逗他說話，你就照原定計畫扮鬼，我覺得增加個陌生路人，也會比較有說服力。」

他們那些靠著後製攝影裝神弄鬼的爆紅影片底下，和粉絲社群頁面上，自然也不免有些質疑言論，儘管他們會一一刪除封鎖，或是煽動粉絲圍剿那些質疑者，但團長仍然希望之後的影片盡量造得逼真些。

後製抱著假髮和白袍、礦泉水，按照預定計畫，繞了個大圈，躲去橋墩後頭變裝埋伏，盯著手機等待團長訊息。

「Action!」團長發號施令，攝影對著夢夢開拍。

「各位朋友大家好，大家猜猜看，這次『夢夢通靈事件簿』的主題是什麼呢？」

鏡頭前，夢夢堆著可愛笑容，揚手指著身後河岸夜景。

攝影立時將鏡頭拉遠，拍攝河岸。

「河邊。」團長在一旁一搭一唱地裝傻。「所以這次主題是釣魚。」

「哈哈當然不是。」夢夢說：「就是——水鬼！」

「沒錯，有人的地方就有鬼，有河的地方就有水鬼！對吧？我說得太誇張了嗎？哈哈哈。」團長這麼說，指揮攝影往橋下走。「咦？那邊有位老先生。」

「我們去訪問一下老先生好了。」夢夢說著，活潑地朝講鬼公公走去。

「嗯……」講鬼公公瞇著眼睛喝著啤酒，見夢夢等人走來，問：「想找我聊天、聽故事的就是你們幾個呀？」

「呃……」夢夢和團長相視一眼，沒想到這看來孤僻的流浪老人竟然主動開口，反而擾亂了他們本來擬妥的開場台詞——

不過不要緊，可以剪接。

「這位爺爺，你想講什麼故事？」夢夢問。

「我只會講鬼故事。」老人——講鬼公公答。

「太好了！」團長打蛇隨棍上。「我們就想聽鬼故事。」

「你們想聽什麼樣的鬼故事？」

「這裡是河岸橋下，爺爺你在這河邊待了多久啦？」

「很久很久囉。」

「那你有見過水鬼嗎？」

「水鬼呀。」講鬼公公點點頭。「常常見到呀。」

「哦？」夢夢和團長對這老人說話意外合拍感到有些驚喜，誘導地問：「你見過的水鬼都長什麼樣子呀？」「他們真的跟傳說中一樣濕淋淋的嗎？」

「是呀，濕淋淋的……」講鬼公公喝了口酒、吃了幾口零食，緩緩地正要說明。

團長退出鏡頭外，持手機對躲在橋墩後的後製傳遞訊息，示意他準備登場。

後製已戴妥假髮、披上白袍，收到團長傳來的訊息，馬上扭開礦泉水，淋了自己一身——

他假扮的是水鬼，水鬼都濕淋淋的。

「頭髮又長又亂、披著白色袍子，身體看起來好長好高……」講鬼公公這麼說。

「白袍？」團長才剛傳出訊息通知後製出場，聽講鬼公公對水鬼的形容，和他們準備給後製的道具有些相似，一時有些無措——他們本來打算拍攝講鬼公公見到後製扮演水鬼登場時的驚嚇特寫，再由夢夢施法驅退水鬼，但講鬼公公一副老神在在，還事先說出即將登場的水鬼模樣，這形象一致的形容，反而有種套招感。

就在團長思索該如何剪接編輯時，後製已經按照事前演練，從橋墩走出，搖搖晃晃地往另一處橋墩走去。

「啊！那是什麼？」夢夢故作驚訝地指向「水鬼」，攝影也將鏡頭對準後製扮演的水鬼。

「嘖！動作太假了……」團長望著後製笨拙的步伐，低聲埋怨，同時連忙示意攝影假意驚嚇晃動鏡頭。

「真的耶，出現了出現了，現在怎麼辦？」攝影也配合驚呼，故意假裝驚嚇、腳步踉蹌地搖晃鏡頭，一會兒拍拍夢夢和團長的誇張神情、一會兒拍拍講鬼公公——

講鬼公公面無表情，喝口酒、嗑顆瓜子，身旁幾隻流浪狗打起哈欠。

「爺爺、爺爺，你看到沒？」團長意識到講鬼公公反應冷淡，連忙幫腔指著「水鬼」說：

「那是不是你說的水鬼？」

「不是，那是人假扮的。」講鬼公公搖搖頭，指向另一邊。「那邊那個才是水鬼……」

「呃？」團長和夢夢呆了呆，朝講鬼公公所指方向望去。

一道高大人影自遠處河中隆起，那人影起碼三、四公尺高，果真如講鬼公公所說，一頭濕濡亂髮、身披白袍，但他手腳太長，遠遠超過白袍遮蓋範圍，露在袍外的長手長足，在月色下顯得蒼白。

巨大的水鬼嘩啦啦地往岸上走。

攝影也見到了水鬼，嚇得連鏡頭都忘了移去，張大了口說不出話。

後製還不知道發生什麼事，搖搖晃晃走到另一柱橋墩後，頓了頓，又斜斜晃出，往這頭更近的橋墩走來。

三、四公尺高的巨大水鬼幾步踏上岸來，他步伐極大，幾步就來到後製扮演的小水鬼身後。

「哇──」「那是什麼？」夢夢、團長和攝影這才驚恐尖叫起來。

「呀──」扮鬼後製見夢夢三人演技逼真，自己也跟著入戲起來，雙手高高舉著，胡亂舞動，但他腦袋壓得極低，一來不想露臉，二來沒上妝，臉面露出太多，後製調色時會很麻煩──

一隻細長大腳自他身後跨到他身前，一陣瀰漫屍氣的冷水從他腦袋淋濕他一身，嚇得他坐倒在地。只見那巨大水鬼直接跨過他，來到講鬼公公面前，向講鬼公公點頭示意，盤腿坐下。

講鬼公公揭開一罐啤酒，遞給水鬼。

水鬼用拇指和食指捏起對他而言小小的啤酒罐，喝了好小好小一口。

「他們想聽你的故事，你要我說，還是自己說？」講鬼公公嘻嘻一笑，指了指夢夢。

水鬼轉頭望向癱軟在地的夢夢，咧嘴一笑。

「妳……想聽……我……什麼故事？」

「呀——」夢夢尖叫一聲，掙扎起身要逃，攝影、後製也跟著一起逃。團長反應最快，一把拉住夢夢，低聲對她說：「不能逃，這是大好機會！」

「什麼機會啦！」「鬼耶！」「是眞的鬼耶！」

「鬼就鬼，怕什麼！」團長朝著攝影大叫：「這是第一次拍到眞的鬼耶！」

「你要拍自己拍啦！」攝影哇哇叫著將攝影機塞給團長，團長接過攝影機，想也不想，拍攝起水鬼捏著啤酒罐與講鬼公公乾杯的畫面，但他見攝影機畫面裡，只有講鬼公公舉罐模樣，卻看不見那巨大水鬼身影，急著問：「爺爺，爲什麼拍不到他，只拍得到你？」

「他只答應說故事給你聽，又沒答應讓你拍……」講鬼公公嘟囔說。

「那……那……」團長有些無奈。「那我們這次的影片就拍不成啦……」他一面說，一面回頭望著逃遠的三人。

三人還不停喊他：「快回來啦！」「你不要命啦！」

「我……我想拍些眞實靈異事件……」團長對講鬼公公說：「您……您能幫我嗎？」

「我只能講鬼成眞，不能幫你拍到鬼。」講鬼公公笑嘻嘻地說：「但我也不白吃你們酒菜，我可以幫你一把——你們這個團隊拍的鬼片，每一部都會成眞。」

講鬼公公這麼說完，繼續和巨大水鬼舉罐乾杯。

團長莫可奈何，只得提著攝影機回頭與三人會合，返回工作室。

□

四人聚在電腦前，觀看這晚攝影機拍攝畫面——不能用，因爲根本沒有夢夢後續收尾，也沒拍出巨大水鬼身影，剪不出完整影片。

「你們如果勇敢一點，說不定我們會爆紅……」團長斥責起三人。

「我們勇敢有什麼用，眞的鬼又拍不出來！」夢夢反駁。

「這個嘛……」團長抓抓頭，正在思索，突然聽見後製一聲尖叫。

「窗戶——」後製指著工作室窗子。

其他三人望去，只見一張大臉掛在窗外——這是「夢夢通靈事件簿」第十七集的主題「窗戶外有臉」，當時他們是在一處廢墟拍的，一閃而過的人臉是模型道具加上後製。

接著，廁所傳來一陣陣沖水聲。

眾人望向廁所，跟著面面相覷，工作室只他們四人，沒有第五人——這是第四集的主題「廁所裡有人」，在那集設定裡，一陣又一陣的沖水聲之後，會慢慢走出個「陌生人」——當時夢夢對著廁所唸咒，簡單結束了那次事件，或許由於太簡陋了，因此那部影片並沒有引起太大迴響。

「嘻嘻、嘻嘻、嘻嘻……」工作室廚房方向，傳來小孩嬉鬧的聲音——這是他們第七集的主題「迷路的孩子」，當時的劇本同樣由夢夢以零食加施法收尾。

但此時的夢夢，什麼也不能做，只能哇的一聲大哭起來：「我不玩了啦！我要退出！」

「不不不！」團長連忙喝止夢夢。「妳不能退出，妳是『夢夢通靈事件簿』的主角耶，妳退出那我們沒戲唱了。」

「哇！」後製和攝影同時驚駭尖叫起來，伸手不停抓著後背。「誰拍我背？」

「對對對！我記得這集！」團長也感到後背被拍了好幾下，興奮說：「這是第十六集『誰拍我的背』！那爺爺說的是真的，他說我們這個團隊拍的鬼片，每一部都會成真，現在真的成真了，我們要紅了，發達了！」

「什麼？」「會成真？」後製和攝影不停揮手撫背，想撥開那個不停拍打他們後背、後腦的無形的手，跟著，他們又是一驚，跌倒在地，只見地板上冒出一雙青森小手，分別抓住了他們的雙腳。

這是「夢夢通靈事件簿」第十四集主題「抓人腳的手」。

三人見到團長肩上攀坐著一個孩童，那孩童捧著團長的臉，模樣和他十分親暱——第二十一集主題「騎在你背上的孩子」。

當時他們的拍攝手法，便只是安排團長走過鏡前，讓鏡中團長肩上，攀坐個孩童身影——那幾秒模糊畫面，自然也是後製花費好幾晚熬夜合成的成果，點擊率極高，劇本最後同樣由夢夢施法驅靈。

「喂！」團長雙眼泛起血絲，像是興奮到了極點，他緊握雙拳，露出中彩劵般的神情。「你們仔細想想，我們是不是發了？」他這麼說，一面揚手逗弄肩上鬼童，雙踝同樣被一雙小手抓著。

「你瘋了啊？」「不要玩了！」「現在怎麼辦？」三人驚恐尖叫，後製跟攝影被小手抓著腳，動彈不得。夢夢奔到工作室門旁，對著眾人嚷嚷：「你們幹嘛不逃啦？」

「我腳被抓著怎麼逃？」「爲什麼妳腳沒被抓？」後製跟攝影哀號呼叫。

「我……」夢夢說：「我退出了啊！」

「我也退出！我不玩了！」後製搶著尖叫。「這個團隊拍的鬼片都會成眞，我退出這個團隊，拜託放過——」

他還沒說完，緊抓他腳踝的那雙小手漸漸鬆開了。

後背那無形的手，也不再拍他了。

「我也退出！」攝影見狀，也跟著大呼。「我以後不拍這種片了！」

後製攙著攝影，蹣跚腿軟地奔到門邊，三人一同喊著團長名字，不停要他退出。

「沒用的傢伙！」團長嚷嚷反罵：「你們不玩，我自己玩、自己拍，以後沒有『夢夢通靈事件簿』了！妳不想紅，我想紅——」

「你瘋了——」夢夢尖叫。

廁所的沖水聲戛然而止，一個古怪人影扭曲走出，走向團長。

廚房裡的小嬰孩們蹦蹦跳跳地跑出來向團長討糖吃。

窗外那大臉擠進工作室裡。

跟著，更多更多，他們拍過的主題裡的鬼，一個個現身，圍向團長。

團長拖著被小手拉著的腳，拉開工作桌前的椅子坐下，像是在構思起下一個主題。

三人莫可奈何，奪門而出。

還讓一個持刀瘋癲女鬼嚇得幾乎漏尿——那是其中一集的主題。

在那集主題設定裡，女鬼兇猛駭人，最終被夢夢勸退。

女鬼衝進了工作室裡。

工作室裡發出一陣又一陣的異聲，和團長的竊笑聲。

三人不敢回去看裡頭究竟發生了什麼事，只是拚命逃出這大樓，分頭回家。

有好長一段時間，三人彼此沒有聯絡，後來他們分別發現原本四人粉絲團頁面，已經被團長改成自己的個人專頁，過去的舊文章、舊影片全數刪除，卻多了一部又一部的新影片，每一部片裡的主角都是團長本人，他在影片裡喃喃自語著一些大家聽不懂的語言。

每則影片底下，偶有過去的粉絲留言，團長的回覆雖用中文，但看來像是異世界的語言般無法理解。

影片裡的他興奮而滿足，彷彿活在自己的世界裡，在他的世界裡，他就像是個統御群鬼的大明星般。

三人討論過要不要去探望他、勸勸他。

但是想想，還是算了，由他去吧。

洋娃娃

除夕夜，熱鬧飯店宴席上，奶奶和藹地和兒子、女兒、媳婦們閒聊，熱情招呼眾人吃飯。

爺爺戴著老花眼鏡，嚴肅瞧著身旁小兒子手中的平板電腦，飛快下達一個又一個指令，要小兒子透過通訊軟體向員工發號施令，不時低聲與他抱怨公司哪個部門近日犯下的錯誤。

「我說你呀，除夕夜你這是幹嘛……」奶奶唉了聲說：「你不讓員工閒著，連自己兒子也不放過，現在是年夜飯吶。」

爺爺瞪了奶奶一眼，冷冷地說：「我只是先把初五之後的事情交代一下，沒讓他們除夕夜開工。」

這低調奢華的年夜飯局上瀰漫著的淡淡威嚴，便來自於那上了年紀卻仍主持整間公司不願退休的嚴肅爺爺，他一輩子都想著工作，就連洗澡如廁吃飯都想著工作。

他大兒子、二兒子受不了父親的軍隊式管理，早早自立門戶，經營著自己的事業，雖比不上父親手下集團，倒也算是有聲有色；爺爺雖然對兩個兒子不願接班頗有微辭，但見他倆不靠自己也能打出天下，埋怨之餘倒也有幾分讚許，同意退休之後，將旗下集團一部分公司股份分與長子、次子，自然，在集團裡一路從基層幹到貼身祕書的小兒子，則會是集團正式接班人。

另兩個對經營管理一點也沒興趣的姊妹，雖沒分得經營權，但分與她們的現金和不動產，比起那些經營權、股權，絲毫不吃虧，足以讓姊妹倆衣食無虞、逍遙一生。

五個兄弟姊妹自幼感情極佳，對父親這麼分配將來遺產一點意見都沒有。

心裡有意見卻不敢直言的，是大哥二哥的兩位老婆——她倆都知道，婆婆表面和藹親切，心裡仍重男輕女，婆婆家世背景不下爺爺，她雖無經營事業，但名下不動產、珠寶、現金，總值豐厚得比繼承集團股權後的大哥、二哥，以及三弟的三間公司還來得多些。

自然，婆婆這些錢，將來同樣會分給五個孩子，但愛孫如命的她，早早立下遺囑，將遺產分成六份，最大的那份，不屬於她任何一個兒子、女兒。

而屬於未出世的長孫或者長外孫。

那尚未出世的長孫或長外孫分得的部分，幾乎是五名子女加起來的總合。

婆婆之所以這麼分配，一方面是刻意激自己五個子女快點替她生個男娃，不論孫子外孫都行，總之帶把的就能得到她那份鉅額遺產。

兩個女兒一個年紀還小，想多玩玩；另個女兒婚姻離異，暫無意願再婚；兩人都不覬覦那份「長孫」遺產；小兒子忙碌工作，別說成家，連女友都無。

大哥、二哥一來感情融洽，且對自己深具信心，即便母親遺囑中留給「長孫」的遺產比重極高，他們也不以爲意，深信自己的獨立事業能夠獨當一面，甚至私下協議，哪個兒子先出世，就包個大紅包打賞其他兄弟姊妹，當成對母親這無聊私心的補償。

兩位媳婦表面上對公公婆婆和丈夫的安排沒表示任何意見，但心裡卻有著不同的盤算。

因爲婆婆的遺囑寫得清清楚楚，那部分遺產是給「長孫」的。

她們都是肚子裡孩子的母親。

兩人受孕時間極近，且都是男孩。

屆時誰先生誰後產，決定了誰能夠成爲這家族中「長孫」的母親。

自己丈夫要包多少紅包給其他兄弟姊妹，那是丈夫的事情，但身爲「長孫」母親這個事實，卻不會改變。

她們心知肚明，丈夫對自己並沒有那麼忠誠——能夠成爲「長孫」母親，對她們將會是一種極大保障。

此時這對美麗的妯娌隔著小姨，彼此相敬如賓。

但兩人客套臉龐上的笑容，都有些不自然，甚至隱隱透著恐懼。

「妳們別那麼緊張。」年紀最小的小姨左右望望她們，說：「我爸爸只是工作狂，生活上沒那麼兇，妳們可以放輕鬆點……」

「聽到沒有……」奶奶忍不住抱怨丈夫。「年夜飯還跟兒子講員工壞話，把媳婦都嚇壞了。」

「不講不講，行了吧！」爺爺揮揮手，示意小兒子收起平板，大口吃飯，但吃沒幾分鐘又忍不住拿出自己的手機偷瞧外股動靜。

所有人都不知道的是，妯娌倆笑容僵硬、心神不寧的原因，不在於工作狂公公，也不在於立那誇張遺囑的婆婆，而在於見面時，妯娌倆彼此的贈禮。

當時她們同時取出贈禮時，所有人都給逗笑了。

那是她們親自挑選，送給對方的懷孕賀禮。

是一款價格不斐、同一品牌的高級洋娃娃。

兩隻洋娃娃，除了衣著、髮型、眼珠色澤有些不同之外，看起來就像是對雙胞胎姊妹。一模一樣。

這令她們感到一股寒意從腳底直升到頭頂。

她們不知道對方爲什麼會送自己一款一模一樣的洋娃娃。

她們不知道對方的意圖是不是與自己一樣。

她們不知道對方是不是也帶著美酒和洋娃娃，尋至一座橋下，向一個老流浪漢討要了一個鬼故事——如果有的話，她們非常擔心，對方討得的鬼故事，和自己一樣。

如果眞是那樣，那麼對肚子裡的兒子，甚至對於自己，都非常危險。

五兄弟姊妹感情好，兩個妯娌卻生疏得像是陌生人，她們的共同點是都很美麗，且幾乎同時受孕；她們未說出口卻一致的目標，是取得「長孫」母親這個身分。

這即是她們趁這年夜飯之前，分別買了相同的洋娃娃，到橋下尋找講鬼公公討要鬼故事的原因——

她們想讓自己成爲長孫的母親。

早產有風險，顯然不是個好方法，那除此之外，唯一的辦法——

就是犧牲對方肚子裡的孩子，甚至是對方本人了。

□

深夜，住在公婆家客房中的二嫂，徹夜輾轉難眠。

大嫂送她的那盒洋娃娃，被她擺在客房角落行李旁，能夠見著娃娃臉孔的正面透明膜面向牆壁。

本來她想用行李壓著洋娃娃盒，或是蓋上件外套，但卻又有些不安，總覺得那娃娃有可能像恐怖電影裡的鬼娃一樣，趁夜揭盒出來、一步步逼近她、對她下手。因此她刻意睡在能夠看見行李的那側床面，瞇著眼睛盯著行李旁那盒洋娃娃有無異常動靜。

其實她根本不確定大嫂送她的這隻洋娃娃究竟有沒有經講鬼公公故事加持，但她自己送去的娃娃有。

當然，她很確定自己送去的那隻娃娃，此時此刻應當尚無動靜——因爲這是她提供的故事大綱裡的一項要求，所有人在除夕夜到初一清晨，都待在公婆家，直到初二，先生才會帶她回娘家。

要是這兩晚她那娃娃便展開行動，搞得大嫂出事，那麼所有人都會將矛頭瞄準她——因此她希望講鬼公公故事裡的洋娃娃，別一開始就莽莽撞撞，而是循序漸進地嚇人，一步步將大嫂逼至絕境。

倘若大嫂也做出同樣的事，應該沒那麼蠢，讓娃娃直接在公婆家對她動手吧——但這也難說，大嫂容貌雖美，但腦袋似乎沒那麼機伶，要是她當真也向講鬼公公求了害人故事、送了她凶鬼娃娃，卻又沒特別安排下手時機的話，那麼自己隨時都會有危險。

她一直瞇著眼睛，盯著那盒像是受迫面壁的娃娃盒，緊張了一整晚，直到接近清晨時分才漸漸睡著。

短短一、兩小時的淺眠，她作了許多駭人惡夢。

有大嫂喜獲長孫的夢。

有自己流產的夢。

有洋娃娃持刀朝她衝來的夢。

也有她剛生下孩子，就被洋娃娃奪去殺害的夢。

翌晨，她頂著一雙黑眼圈，疲憊地與先生向公婆問安。

公公雖不像年夜飯時還要小兒子隨侍在旁，向員工下令，但仍忍不住一面吃著早餐，一面滑著手機，查閱公司各項報表。

二嫂和大嫂打了個照面，發現對方臉色也有些憔悴，彷彿一夜難眠。

「我會認床，在外面睡不習慣。」

「我也是……我睡慣了自家枕頭……」

兩人客套得十分詭譎。

「妳們現在怎麼這麼陌生啊！」小姨打了個哈欠，這麼說：「之前大家不都一起出去玩過嗎？」

妯娌倆呆了呆，想起以前大夥還沒結婚時，確實有段時間時常與兩兄弟，有時更帶著小姨一同出遊，大夥兒那時年輕，兩兄弟輪流開著公公那輛大車上山下海、賞月觀星。

那段時間裡，妯娌和小姨，要好得如同親姊妹一般。

那麼她們的關係從什麼時候，變成這樣了呢？

是因爲都發現自己丈夫不像以前那麼愛她們，不時在外尋花問柳，因而產生了危機感，又因爲這樣的危機感，令她們不惜一切代價、用盡一切手段，替自己爭取一份保障嗎？

「可能太久沒見面，都生疏了……」

「是呀，好多年前的事了。」

「對喔。」小姨說：「等妳們孩子生下來，我們再一起找地方玩呀。」

婆婆瞥了小姨一眼，說：「人家孩子生下來不用人照顧嗎？妳這年紀成天想著玩，不認眞找個男人，替我生個外孫嗎？」

「妳很重男輕女耶。」小姨抗議。「外孫女不行嗎？」

「行吶。」婆婆說：「總之妳別玩了，找個好男人吧。」

「好男人死光了啦。」小姨哼哼地說。

「誰說的！」大哥、二哥一同抗議。

「……」小姨瞪著兩個哥哥，像是早已聽說他們兄弟倆婚後在外的某些風流事蹟。「我說的，怎樣？」

「沒怎樣……」兩人不敢反駁小妹，立時將話題帶開，聊起球賽。

「到時候妳們眞想出去玩……」離過婚的二姊反倒開口。「孩子我可以替妳們顧幾天，我大學念幼保系的，一次帶兩個不是問題……」

大夥兒聽二姊這麼說，都不置可否，所有人都知道她酷愛小孩，偏偏嫁了個不負責任的爛男人，幾次懷孕，都硬要她拿掉，溫吞的她也不敢告訴爸爸媽媽，直到離婚以前，都無子女。

「到時候再看看吧……」二嫂心虛地低下頭——假如講鬼公公當眞靈驗，那麼坐在她對面的大嫂，應當無法順利產子，甚至連本人都會有生命危險。

自然，倘若大嫂也幹了和她一樣的事。

她也即將面臨同樣的處境。

□

初二清晨，二嫂向公婆道別，坐上老公的車，往娘家前進時，稍稍鬆了口氣。

她趁著老公在高速公路休息站上廁所時，悄悄將那盒娃娃帶出車，棄置在垃圾桶裡。

她在車上早已設想了許多種擺脫娃娃的方式，或許老公事後想起會追問，但她自然有許多理由可用——「忘記帶上車了」、「那娃娃長相我害怕所以丟了」、「我也不曉得擺哪去了」、「下次看見再買一個吧」……

夫妻倆在休息站用了餐，重新上車，往娘家前進。

車程上，她思緒有些混亂——大嫂會不會也察覺到她的意圖，扔了娃娃？倘若如此，那她豈不是白費工夫了？該再次跑一趟橋下，向講鬼公公討個新故事？大嫂會不會也幹同樣的事？

這樣下去，豈不沒完沒了了？

想來想去，大嫂必須死，否則她將永無寧日——雖然對於大嫂可能的行動，都是她的個人猜測而已，但倘若簡單形容她此時心態，也十分清楚——

一不做、二不休。

既然做了，就做到底吧。

□

初三，她在娘家待了一晚，隨著老公返家。

兩人提著大包小包，開門入屋，男人剛放下行李，就聽見老婆一聲驚呼。

他見老婆臉色蒼白，搖搖晃晃幾乎跌倒，有點不知所措，連忙扔下手上行李上前攙扶。

「妳怎麼了？」

她指著落在地上的長形紙盒，紙盒正面透明膠膜正對著她——

裡頭正是她在前往娘家途中，趁隙扔在休息站垃圾桶裡的洋娃娃。

「你……你撿回來做什麼？」她尖叫。

「我撿什麼回來？」老公不解地問，回頭看著滿地行囊。

「娃娃！那個娃娃！我怕那個娃娃！」她顫抖地撐著身子後退。「丟掉、快丟掉！」

「妳怕這娃娃？那妳一路上怎麼不講？現在突然這樣……」老公被她此時的反應嚇傻了，

連忙轉身拾起娃娃，捧在手上左右翻看，還試著揭開紙盒，卻又聽見她的尖叫：「不要打開，丟掉、快丟掉，不要丟家裡垃圾桶，拿去樓下丟掉！」

「因爲……」她望著替她將洋娃娃扔入大樓垃圾子母車後返回的老公，說出已經想好的說詞。「小時候，我姊姊常用一個長得很像剛剛那娃娃的洋娃娃裝鬼嚇我，其實我很怕那種東西……」

「喔……」老公不以爲意，上前收拾好滿地行李，倒了杯水來到她身旁摟著她的肩；這兩年他和哥哥一樣常跑酒店，心思被其他女人瓜分去了一部分——他依舊愛老婆，只是被瓜分了一部分而已。因此忽見老婆驚慌成這樣，便也溫柔安慰她，畢竟她肚子裡還懷著他的骨肉。

「不過……」老公突然覺得有些古怪。「妳怕洋娃娃，但妳送了同個牌子的洋娃娃給大嫂……」

「因爲……」她也早就替這個問題準備了個答案。「前幾天我忙，請同事幫我挑個禮物送大嫂，我也是見到了才知道這娃娃長得這麼像以前我姊姊用來嚇我的洋娃娃，我心想像我一樣害怕洋娃娃的人不多嘛，那洋娃娃又是高級牌子，人家說不定喜歡吶……」

「怪不得前兩天妳一看到那娃娃臉色就變了。」老公哈哈笑著說。

她吸了口氣，心想原來老公當時也察覺到自己的反應。

她不禁想，倘若大嫂當眞也和她一樣，送了個經講鬼公公加持過的洋娃娃，此時她那裡會發生了什麼事呢？她和自己一樣害怕嗎？她會先下手爲強採取反制之道嗎？

不過更重要的是——

那被老公扔掉的洋娃娃，還會回來嗎？

會。

它又回來了。

初五一早，老公趕著上班，她公司年假多了幾天，能一直休到初八。

她送老公出門後，關上門的剎那，瞥見擺在門外的那眼熟的娃娃盒子。

她駭然再次開門，娃娃盒子已經消失了，只見到往電梯走去卻聽見開門聲而回頭的老公。

「怎麼了？」老公這麼問。

「沒有，想問你晚上想喝雞湯還是排骨湯？」她顫抖地說：「我燉給你……」

「不用啦！」老公連連搖頭。「妳想喝雞湯的話，我直接在外面買現成的回來給妳，妳肚子裡有寶寶，別太操勞……」

「嗯，謝謝老公……」她顫抖地關上門。

卻驚見洋娃娃連著包裝盒，就擺在電視櫃旁。

她當場腿軟癱坐在地，這麼一坐，足足坐了大半晌，這才大著膽子，繞去電視櫃前檢視——

那洋娃娃笑容僵硬，外觀看來就和普通的娃娃沒有什麼分別，但她總覺得那洋娃娃的視線，盯著她微微隆起的小腹。

「我不會讓妳得逞的！」當她意識到洋娃娃似乎盯上了她肚子裡的孩子時，不知哪兒來的勇氣，上前一把扯開長盒，將洋娃娃揪了出來，提到廚房，拿起剁刀就斬。

她像是斬雞般將洋娃娃斬得四分五裂、肢殘體缺。

只這樣就夠了嗎？當然不夠，她取了個大鍋，將娃娃碎塊連同紙盒、固定娃娃的塑膠空盒，全裝進鍋裡，帶去後陽台，點燃報紙，燒出一鍋大火。

她不停往大鍋裡扔報紙團，像是生怕火不夠大，那娃娃仍會死而復生。

報紙燒完了，火小了，她返回客廳拿取過期雜誌再去添火。

一盒嶄新的洋娃娃，就擺在她平時堆放雜誌的小櫃上。

她再次癱軟坐倒在地。

□

「大嫂……」她蜷縮在沙發上，盯著小櫃上的洋娃娃，撥了通電話給大嫂。

「妳到底送了我什麼東西——」電話那頭的大嫂歇斯底里地尖叫。

「我也不知道……妳說呢？」她驚恐落下淚來，好半晌才問：「妳……現在那邊怎麼樣？」

電話那頭的大嫂察覺到她的驚恐哽咽，同時也意識到，她們兩人確實做了同一件事情。大嫂吸了吸鼻子，喊了她的名字，說：「對不起……是我……鬼迷心竅了……」

「我也是……」

「那現在……我們該怎麼辦？」

「這個娃娃，現在應該還不會對我們動手，對吧？我們帶著她們，會合之後，一齊去找那老人，求他放過我們，好不好？」

「嗯……」

□

兩小時後，妯娌倆見了面，她們不約而同地以一只小行李箱裝洋娃娃，像是擔心一般塑膠袋囚不住她們。

「老頭子好像晚上才會現身……」

「現在才大中午……」

「我們要等到晚上，但怎麼跟……我們老公解釋？」

她們很快想到了辦法，兩人合拍了幾張照片，貼上社群網站，再分別傳給自己老公，稱妯娌倆假期都長，相約晚餐，可能順便看場午夜場電影——兩人住家有好段距離，這理由聽來有些牽強，但似乎已經是最好的說詞了。

但兄弟倆一點也不介意，反倒說倘若她倆逛得太晚，不如找間飯店休息一晚，隔日再回家就行了。

兩人掛上電話，默默無言半晌。

「二弟都去哪間酒店？」大嫂突然這麼問，然後一口氣說了幾間酒店名。

她苦笑了笑，也講出幾間，是她從老公口袋發現的酒店小物得知的。

這兩年令兩兄弟流連忘返的酒店，還有兩、三間重複的。

「今晚他們可開心了吧。」

「是啊……」

兩人在晴空朗朗的公園，將兩只行李箱放在陽光照耀的範圍，有一搭沒一搭地閒聊到黃昏，跟著上一間洋酒專賣店挑了幾瓶名貴洋酒，還特地找了餐廳用餐之後，額外包了幾道名菜佳餚，提著酒菜、拖著行李箱來到講鬼公公常窩的橋下。

兩人像是拜神，又像是野餐，將酒菜準備妥當，就盼講鬼公公快點現身。

喀啦——

喀啦啦——

她們聽見兩只行李箱裡同時發出了聲音，那陣陣聲音聽起來，像是紙盒裡的洋娃娃開始活動了；彷彿努力掙扎著，想要突破塑膠殼以及外頭的紙盒。

妯娌倆嚇得後退一大步，只聽行李箱裡發出了紙盒撕裂的聲音。

跟著兩只行李箱晃動起來，洋娃娃像是對於自己被囚禁在行李箱裡感到憤怒，她們像是甫被裝進鐵籠裡的山豬般，自內衝撞起行李箱。

磅、磅、磅——

其中一個行李箱倒了，另一個行李箱微微被撐開。

兩人嚇得互擁在一塊兒。

汪汪、汪汪汪——

一陣狗吠聲自妯娌倆身後響起，她們回頭，見到講鬼公公脅下挾著幾片攤平的瓦楞紙箱，身後幾隻大狗背上揹著大小行囊，小幼犬高粱伸著舌頭，在講鬼公公腳邊繞跑。

她們如同見到救星似的，奔向講鬼公公，妳一言我一語地向他求救。

「我錯了，我太自私了，請您幫幫我們！」「我們都錯了，我們帶來酒菜，請您改改故事結局，可以嗎？」

「聽不懂妳們說什麼啦。」講鬼公公沒有因她們而停下腳步，自顧自地朝慣常窩居的橋下角落走去，見到那兒已經鋪著乾淨桌布，擺了滿地酒菜，不由得嚥了口口水。「妳們這些人老是這樣……又要我講故事，又要我改故事……煩死人了……」

她們跟在講鬼公公身後，不住哀求。

啪啦一聲，一只行李箱鎖釦終於被撐壞，裡頭的洋娃娃爬了出來，惡狠狠地瞪著她倆，像是在尋找目標，然後，她鎖定了大哥老婆。

跟著，另一個行李箱也開了，裡頭娃娃鎖定的目標，則是二哥老婆。

兩個娃娃互望了一眼，緩緩朝嚇傻了的妯娌走去，但她們似乎有些畏懼迎面而來的講鬼公公和身後那群小流浪狗。

講鬼公公無視兩隻洋娃娃，跨過她們，走到酒菜前鋪好紙箱，隨手取了瓶酒，揭開嗅了嗅。「哦！這酒倒是不錯。」

她們替講鬼公公準備的幾瓶洋酒，雖然未經美酒符加持，但可是從專賣店裡買來的高級名酒，不是便利商店裡的廉價烈酒。

大小狗群走過站定不動的洋娃娃身邊，圍上講鬼公公身邊，等講鬼公公打開她倆另外準備的狗罐頭，乖乖吃著。

洋娃娃開始行動，一步步走向妯娌兩人。

「唔……」她倆一時不知所措，想繞過洋娃娃向講鬼公公求救，但兩隻洋娃娃面目猙獰，她們不確定繞不繞得過。

「伏特加、威士忌……」講鬼公公突然點名起來，搶食乾糧、狗罐頭的狗群中，立時站出兩條大狗。

威士忌是狼狗；伏特加是哈士奇。

「咱們吃了人家的酒菜，人家想聽故事，帶她們來聽故事吧。」講鬼公公這麼說，自顧自地大吃大喝滿地酒菜。

伏特加和威士忌立時往妯娌兩走去，一左一右地護衛著她們，繞過兩隻兇惡娃娃，來到講鬼公公身旁。

兩隻洋娃娃轉身，緩緩逼來，但見狗群們紛紛回頭望向她們，便只能停下腳步，但仍凶惡地瞪著妯娌倆。

「說真的，這菜跟酒都好。」講鬼公公邊吃邊說：「但我也不瞞妳們，我現在沒靈感。」

「沒靈感？」妯娌倆不安地問：「什麼意思……」

「就是沒辦法替妳們修改故事結局。」

「那……那我們……」兩人聽講鬼公公這麼說，如喪考妣般驚恐哽咽。「不就死定了……」

「也不至於啦……」講鬼公公說：「我講出來的鬼，不見得聽我的話，有時連我自己也控制不住，很麻煩的——但我可以介紹個老怪胎給妳們，妳們去找那老怪胎，他懂得怎麼修理洋娃娃。」

「老……怪胎？」她們有些摸不著頭緒。「他在哪裡？我們該怎麼找他？」

「讓威士忌和伏特加替妳們帶路吧。」講鬼公公這麼說，揮手趕人了。「今天沒靈感，沒故事可以講了。」

□

威士忌在前領路，伏特加負責斷後，領著妯娌兩人在小巷弄裡東繞西晃。

她倆不時回頭，只見兩隻洋娃娃一直遠遠跟在她們身後，像是想伺機對她們做些什麼——這本來是她們自己的指令，洋娃娃只是奉命行事罷了。

「汪汪！」威士忌突然停下腳步，坐定不動，喊了兩聲。

妯娌倆這才發現身旁那塊古樸、老舊的霓虹招牌，和那間老舊店面。

「講鬼公公說的……那位老人家，就在裡面？」她倆有些遲疑，但見負責斷後的伏特加也在店面前伏下，低吠幾聲，然後望向她們，露出一副「都帶妳們來了，怎麼還不進去」的模樣。

她們這才踏入那店面。

那是間玩具店。

一個個層架上，陳列著各式各樣的玩具，那些玩具擺法毫無分類，有機器人、有玩偶熊、有各種模型，也有一些古樸童玩。

在一處角落，立著一座玻璃展示櫃，裡頭放著一隻三十多公分高的男孩人偶。

櫃前站著個長髮少女，單手按在玻璃櫥櫃上，一動也不動地盯著裡頭的男孩人偶，直到妯娌倆走近身邊，這才轉頭望向她們。

「妳們想找什麼樣的玩具？」少女面無表情、語氣冰冷。

「妳是這間店的……老闆？」

「我不是老闆，只是店員。」

「我們……」妯娌倆不知該怎麼解釋整件事的來龍去脈，支支吾吾半天，也不確定那長髮店員聽不聽得懂。

「看來，妳們不是想買玩具，是想修理玩具……」長髮店員視線越過她們，望向踏進店裡的兩隻洋娃娃。

妯娌倆一齊回頭，這才發現本來守在門外的威士忌和伏特加已經離開，洋娃娃少了顧忌，也跟進玩具店裡了。

「講鬼公公派了兩隻狗替我們帶路，說這間店的老闆能幫忙處理這兩隻洋娃娃……」兩人見洋娃娃逐漸逼近，驚恐地躲到長髮店員身後。

兩隻洋娃娃突然有了行動，一個飛快攀上貨架，想繞過店員突襲妯娌其中一人；另一個往前飛奔，似乎想從店員腳下鑽過。

長髮店員反應極快，手一伸便將攀上貨架的洋娃娃後頸揪個正著，同時抬腳踩住試圖溜過她腳邊的洋娃娃，然後蹲下，將那洋娃娃也提在手上。

妯娌倆見長髮店員身手俐落，瞬間制伏這兩隻鬼娃娃，不禁鬆了口氣。

「我帶妳們去找玩具爺爺。」長髮店員提著兩隻不停掙扎的洋娃娃，領著妯娌倆往玩具店深處走去，來到角落一張大工作桌前。

工作桌上堆滿各式各樣的玩具零件和工具。

一個戴著老花眼鏡的蓄鬍老人，認真地檢視面前一具拆開的機器人。

「爺爺，有客人。」長髮店員這麼說。

玩具爺爺也沒放下手上工具，甚至沒有停下修理機器人的動作，只是瞥了長髮店員手上那兩隻兇惡娃娃，和長髮店員背後兩個女人。

「又是那老酒鬼惹的麻煩?」玩具爺爺哼了哼。

「是啊……不不不!其實是我們自找的麻煩……」妯娌倆明白自己是講鬼公公介紹來的,他倆雖一個喊對方「老酒鬼」,一個稱對方「老怪胎」,但顯然有些私交,自然不敢隨意附和這些不好聽的稱呼。「我們一時鬼迷心竅,做了錯事,現在後悔了,卻不知道應該怎麼處理。」

「做了錯事?」玩具爺爺這才將面前的機器人和零件撥開,清出一塊空間,讓長髮店員將兩具娃娃放在他面前。

兩具娃娃一放上桌,神情依舊兇惡,伸手就要揪玩具爺爺那嘴鬍子。但堆放在工作桌上那些修理到一半的機器人、玩偶、娃娃反應更快,同時一擁而上,攔下兩隻洋娃娃。

「哇!」妯娌倆見這玩具爺爺店裡的玩具也會動,不禁微微驚呼。

「噫、噫——」兩隻洋娃娃被眾玩具牢牢按在工作桌上。

玩具爺爺扠著手,望了兩隻洋娃娃幾眼,說:「這兩個洋娃娃我能修理,但是裡頭的惡靈不好處理,解鈴還需繫鈴人,我建議妳們還是——」

□

她望著身旁熟睡的老公，一晚翻來覆去也睡不著。

她與大嫂將洋娃娃交給玩具爺爺處理，已是一週前的事了。

那時玩具爺爺建議她們，帶著茉莉花和十幾萬現金，去找一位符紙婆婆，向她買張美酒符，隔天再找講鬼公公改故事——講鬼公公討厭人改他故事，但一直抗拒不了美酒符加持過的酒。

「妳們買兩張符，帶兩瓶美酒，先請他喝一瓶，努力求他，另一瓶當作後謝，他一定會答應。」那時玩具爺爺這麼提醒。

她們照著做了，成功讓講鬼公公改變心意，化解了兩隻惡靈的怨氣，而那洋娃娃，也被安置在玩具爺爺玩具店裡。

看來一切圓滿解決了。

但她依舊惶恐不安。

這一週來，她沒有一天睡好過——

因爲她背著大嫂，又跑了一趟符紙婆婆店裡，又討了兩張美酒符，又找了講鬼公公，又用了一模一樣的方式，一瓶贈送、一瓶後謝，向講鬼公公討了個鬼故事。

是個極度殘忍的鬼故事——

目標仍然是大嫂。

因爲她總覺得表面上與她和解的大嫂，總有一天還是會用類似的方法對付她——一不做、二不休。

她要搶先一步，否則……

她這麼想時，突然坐起身，下床，她不知道自己的身體爲何擅自行動，直到她經過臥房的連身鏡前，瞥見鏡中自己身上重疊著個古怪人影時，瞬間明白了一切——

大嫂也和她一樣，一不做、二不休。

她們背著對方用美酒符向講鬼公公索討的故事結局，甚至十分接近。

她想驚呼，但頸子被自己的手一把掐住，無法言語。

她掐著自己，穿過黑暗客廳，開門，赤腳上頂樓，走至牆沿，望著燈火燦爛的城市。

然後翻牆躍下。

她用怪異的姿勢癱躺在大樓中庭的血泊中，腦袋還沒完全失去意識，在這一刻，她心中想著的，不是老公，也不是自己肚子裡的孩子，而是想著大嫂，想著此時此刻的她，是不是和自己一樣。

應該是了。

鬼抓人

下課鐘響，少年有些心急，匆匆忙忙奔出高一教室，用最快的速度奔向廁所——

他們是三年級，就算一同下課，下樓堵他，應該也沒那麼快吧。

少年是這麼想的。

但他錯了，廁所外早已有人站崗，一見他來，立時挺直身子，笑嘻嘻地朝他招手。

少年立刻轉身，朝另個方向的廁所奔去。

那兒也有人站崗。

他轉上樓，二樓、三樓也有廁所，但是同樣有人站崗，那些人也不急，就只是站崗而已——他們全是學姊的嘍囉。

學姊今年高三，是學校老師眼中的頭痛人物，也是同學眼中的風雲人物，因爲學姊那個校外男友來頭不小，是學校附近某個堂口裡的大哥。

他之所以這麼急，是因爲今早上學時，被學姊幾個嘍囉攔了下來，請他喝了一杯飲料——特大杯的。

當時幾個嘍囉倒也客氣，心平氣和地說要和他討論昨天撞壞學姊手機的賠償事宜，他屢次想要辯駁，嘍囉們都叫他先別急，喝完再說。

他喝完了，深深吸了口氣，解釋昨天場面——

他只不過下課途中走過學姊教室，正與同學嬉鬧的學姊衝出教室，和走過門口的他撞了個滿懷，兩人摔成一團，如此而已。

那時學姊身邊的嘍囉們一擁而上就要修理他，剛好老師經過，將他倆帶進輔導室調解——學姊的手機螢幕摔裂了。

少年的眼鏡左邊鏡片也裂了。

如果走廊是馬路，有裝設監視器，所有人看了事發經過，應該都會認爲少年過失較少，甚至沒有過失，魯莽衝出教室的學姊應該負起全責，包括修復少年的眼鏡。

但老師協調之後，稱兩人都有錯，各自損失自行負責。

少年低著頭，對老師的結論沒有意見，其實他心裡也很清楚，年輕女老師已經竭盡所能地維護他了，畢竟勢單力薄的老師，也無力對抗學姊校外男友的勢力。

學姊當下也並未表示什麼意見。

但他從放學時學姊及一票嘍囉望著他的目光，知道這事情可能沒那麼容易解決了。

他回家後，也沒將這事情告訴媽媽，他知道媽媽心情時常不好，要是知道他惹上麻煩，可能心情會更不好。

倒是他那已出社會工作的姊姊，一早見他一邊眼鏡裂了，塞了三千塊給他，要他放學時配副新眼鏡。

上午當學姊嘍囉們在校門外攔下他，請他喝完特大杯飲料，聽他解釋事發經過，也沒和他爭辯對錯，而是直截了當地報了學姊那支摔裂螢幕的手機的修理費用。

對他而言，這可是個天文數字。

他家沒那麼富裕，甚至有些貧困，直到姊姊兩年前開始工作，才稍稍有些改善。

「可……可是昨天老師已經說了……兩個人都有責任……」少年怯怯地說。

「老師說歸老師說。」一個嘍囉拍了拍少年的臉，像是長者訓誡孩子一般。「在學校聽老師的，出了學校要聽老大的，知道嗎？」

「賠不出來，你就死定了。」幾個嘍囉遠遠見到老師走來，又拍了拍少年腦袋，說：「或是尿在褲子上。」

起初他不曉得這句話的意思。

但接連幾節下課，他都在廁所外見到學姊那些嘍囉站崗，這才明白早上他們請他喝特大杯飲料的用意。

目的就是要將他逼進廁所。

學校的廁所除了排泄之外，另外還兼具老師用以處罰學生，或是同學用以霸凌同學這兩種功能。

他知道要是踏入有嘍囉站崗的廁所，等於踏進了死胡同。

他不確定自己會在裡面碰上什麼樣的遭遇，總之不會是好的遭遇就是了。

□

「對不起！老師！」少年忍不住舉手。「我想上廁所——」

「好，你去。」女老師點點頭——她就是昨日調解少年與學姊的年輕女老師，她明白少年的處境，同時也有些爲自己的無能爲力感到愧咎。

少年小心翼翼地上了個廁所，終於撐到了放學。

但沒過多久，仍然在校外公車站被學姊和嘍囉攔了下來。

「你這麼怕我？」學姊望著少年冷笑，向少年展示自己的新手機。「手機你不用擔心，我男朋友昨天已經買了支新手機送我。」

少年聽到學姊這麼說，不禁欣喜，在極短的瞬間裡，他以爲美艷的學姊其實是個好人，但這念頭瞬間就被學姊接下來的話澆熄了——

「但你欠的還是要還。」學姊冷笑說。

「怎……怎麼還？」少年怯怯地問。

「一起去逛街。」學姊答。

「逛街？」少年遠遠看見公車駛來，連忙說：「我……我的車來了，我要回家了。」

「回個屁家啦！」「你沒聽大姊說要逛街喔！」學姊身邊嘍囉起鬨，將他扯出排隊隊伍，往另一頭拉去。

排隊學生們有些轉頭望向少年被押走的身影，都沒說些什麼，本來少年身佇的空缺，立時被後頭隊伍同學補上，像是什麼事都沒有發生。

少年被押到了一家販賣流行服飾、雜誌、公仔、電玩的商場大樓。

他被帶到商場裡一家冰果店，點了六碗冰。

他在學姊與四個嘍囉說笑嬉鬧聲中，默默地吃完冰。

偶爾聽到學姊吹噓校外大哥床上功夫，他會隱隱有些興奮，四個嘍囉也是，但他們裡有兩個是那大哥的直屬小弟，興奮歸興奮，可不敢對容貌姣好的學姊心生歹念。

他們都知道大哥發飆起來的樣子。

「報告學姊！」少年身邊的一個嘍囉舉手大笑，指著少年的褲襠。「學弟硬了耶。」

「什麼！」少年愕然抖了一下，連忙搖頭，用書包遮擋褲襠。

「哪裡硬了？」坐在少年對面的學姊哈哈一笑。「我看。」

少年左右的嘍囉立時起身將少年直挺挺地架起，搶下他書包，讓學姊看他微微凸起的褲襠。

「學弟，你在想什麼？」學姊冷笑說：「要是被我老公知道你想我想到硬，你知道他會對你怎樣嗎？」

「沒、沒有……」少年連忙辯解。「我沒有在想什麼。」

「他會讓你再也硬不起來喔。」學姊這麼說。

「聽到沒有！」「讓你再也硬不起來喔！」嘍囉們說著，也紛紛用不自然的姿態扭身，或是故意讓垂在肩上的書包甩到腰際，遮住自己不想讓人注意到的部位。

儘管他們知道那是學姊的誇飾說詞，但心裡其實不免也有點擔心。

「吃飽了。」學姊拿了面紙擦擦嘴巴，起身往外走。「上樓逛逛。」

少年被嘍囉押至櫃檯，見左右嘍囉都望著他，只得心不甘情不願地結了六碗冰的帳。

他走出冰店，皮夾便被一個嘍囉奪去，揭開檢視。

他想要搶回皮夾，卻被其他嘍囉押至角落，往他胸腹攢了兩拳。

學姊緩緩走至他面前，扠著手說：「幹嘛，不想陪我逛街？」

「逛街……」少年喘著氣，怯怯地問：「爲什麼……要搶我皮夾？」

身旁一個嘍囉重重搧了少年腦門一巴掌。「逛街當然要買東西呀，讓你陪學姊逛街，是你的榮幸耶。」

另一個嘍囉翻檢著少年的皮夾，嚷嚷地說：「有好幾千耶。」

「那些錢，是我姊給我買眼鏡的……」少年急著喊。

少年還沒說完，腦門立時又捱了一巴掌。

「眼鏡這種東西，有戴沒戴沒差啦。」「走啦走啦，學姊要逛樓上啦。」

少年前後左右都被學姊嘍囉包圍著，皮夾也不在手上，只能默默隨著眾人上樓，逛過一間間服飾、公仔店——

學姊對商場裡的大多商品似乎看不太上眼，身邊嘍囉你一言我一語地談論起校外老大喜好；少年這才知道，學姊口中的「逛街」，其實是想替老大挑件生日禮物，作爲她那支新手機的回禮。

堂口老大當然不介意只是高中生的女友能送自己什麼高貴禮物，但學姊卻覺得自己如果能夠給男友一個大驚喜，肯定會讓他更愛自己。

既然有個不長眼的傢伙送上門來，借他的皮夾來增加男友對自己的好感度，簡直完美。

少年垂著頭，委屈地紅了眼眶，明白學姊這筆花費，看來要落在自己頭上了。

那是他姊姊給他買眼鏡的錢。

要是他錢沒了，還頂著一副破眼鏡回家，該怎麼向姊姊解釋呢？

他知道姊姊絕非那種知道他被欺負，還能善罷甘休的人，但要是事情鬧大了，他媽媽肯定也會知道，要是知道了，那媽媽的憂鬱症肯定又要加重了。

才剛升上高一沒多久的他，完全不懂得應付這樣的事情。

「哈，他在哭耶。」「怎麼這麼沒用呀。」「陪美女逛街也會逛到哭。」

嘍囉們一面取笑，一面推他打他。

「拜託你們……那些錢是我姊姊給我買眼鏡的錢……」少年落淚哀求。「我媽媽有憂鬱症，我不想讓她擔心……」

「你媽媽有憂鬱症呀？」學姊聽少年這麼說，突然停下腳步，來到少年身前，挺著胸說：「那你更要乖乖聽我的話，知道嗎？」

「……」少年尚不明白學姊這麼說是什麼意思，他只知道個頭兒比他還高出不少的學姊，站在高一級的台階上，胸口正對著自己的臉。他連忙撇過頭去，深怕又被嘍囉們抓到把柄威脅他。

「如果你不聽話。」學姊低下頭，湊近少年耳邊說：「我會叫他們拖你去廁所，脫掉你褲子，逼你打手槍，錄影下來，傳給你家人看。」

「哇！」「這招好狠啊！」嘍囉們叫囂嬉鬧起來。「他說不定還沒打過手槍耶，怎麼辦？」「那你教他呀。」「你自己怎麼不教，你幫他打算了。」「幹我才不要！」

少年感到毛骨悚然。

學姊得意望著少年。「怎樣，你要不要乖乖聽話，陪我逛街？」

少年絕望地點了點頭，抹拭眼淚，隨著眾人上樓。

□

「怎麼都沒出新的啦……」

學姊從一間模型槍店裡出來，生著悶氣。

此時抓在她手上的少年皮夾，比先前更加鼓脹些，裡頭除了少年姊姊給的三千元外，還有中途在提款機逼他用自己的提款卡領出的八張千元大鈔——那是他這兩年存下的壓歲錢，本來打算存到明年過年，加上新一筆壓歲錢，就能買下他夢想許久的相機。

攝影是他的興趣，他夢想著當攝影師。

但昨天那場碰撞衍生出來的後果，似乎嚴重到要撕碎他的夢想了。

「我男友喜歡的新款不是上市了嗎，怎麼都買不到？」學姊抱怨著，打電話給幾位友人，詢問那款模型槍型號，每人回答都說那型號延期，可能要等兩個月後才會檢驗通關、正式鋪貨販賣。

「煩耶……」學姊有些懊惱，她當然可以送些衣飾、手錶，但是她知道男友酷愛收藏刀劍槍械，她想給他個驚喜。

既然是驚喜，當然要和尋常衣飾、手錶有些區隔。

「耶？那邊有家店耶！」一個嘍囉指向商場末端廊道盡頭轉角右側，隱約可以見露出一截古怪招牌。

「那裡有店？」「那個地方怎麼會有店？」

嘍囉們起鬨往前走去——這棟商場每層樓構造大同小異，廊道都呈「口」字形，口字廊道內側除了幾間店家，也有上下連通的手扶梯，口字外側則是一間間店家。

若照底下幾層樓的構造推算，眾人眼前這條廊道走到底，向左便繼續繞那口字廊道，右側只有一處一坪大小的空間，牆面設有消防裝置。

但此時眾人來到那廊道轉角，卻見到那約莫一坪大小的空間，三面牆上，一側確然是每層樓都有的消防設施，另一面牆貼著幾張古怪促銷海報，海報看來年代久遠，像是些早期暢銷玩具。

第三面牆，也就是眾人一開始遠遠瞧不清楚的那側，有扇垂簾小門，簾下透出淡淡橙光，門外還斜斜擺著一架老舊的霓虹招牌。

那直式霓虹招牌上半截燈管脫落，只剩下半截兩個字——

玩具

「呃……這是賣玩具的？」嘍囉們狐疑相視。「你們記得上次來的時候，有這間店嗎？」

「不記得……」「什麼玩具呀？上面那是什麼字？」

「來都來了，進去看看。」學姊伸手敲了敲牆面上一處小小的宣傳單——那是一張老舊的兵器、槍械海報。

海報商品雖然過時，但既然張貼這張海報，表示這間玩具店裡，也販賣玩具刀槍。

學姊撥開垂簾，嘍囉們推著少年跟上。

大夥兒走進那神祕玩具店，包括少年，都不由得微微驚呼——這玩具店空間未免太大，高聳貨架幾乎頂著天花板，堆放著密密麻麻的玩具。

玩具有新有舊、有大有小，沒怎麼分類，有那種能夠在拍賣會上賣出高價的精美絕版古物，也有最新上市的全新玩具。

「呃？」一個嘍囉抓著頭，困惑不已。「是我昏頭了嗎？爲什麼這裡可以這麼大？我的意思是……這裡不是大樓邊角嗎？」

包括少年、學姊在內，六人都不是功課優異、頭腦精明的學生，但也知道，這棟大樓並非造型特異的美術館，或是別有用心的藝術建築，而是中規中矩「直直一條」。

一棟「直直一條」的商場大樓的「邊角」，卻通往另一處如同超市賣場般的寬闊空間，這是怎麼一回事？

「跟……隔壁大樓打通，連起來？」「不對呀，就算打通，也不是這樣子呀……」這群不怎麼愛讀書的嘍囉們，一時也無法用精準的詞彙，來形容這玩具店是如何嵌裝在他們所認知的

「直直一條」的商場大樓某層樓邊角上。

「啊呀，囉嗦啦！管那麼多幹嘛。」學姊有些不耐下令。「找找有沒有模型槍，武士刀什麼的也行。」她如同牽小狗般，一手拉著少年書包揹帶，一手抓著他的皮夾，左右流覽高聳玩具貨架，還回頭叮囑少年。「你也幫忙找喔，不然我真的會逼你打手槍給大家看。」

「……」少年無奈點點頭，只見這層層貨架就像圖書館書架般，雖然一座貨架兩側都堆放商品，但兩側之間並無隔板，有些縫隙能夠看到貨架另一側。

他瞥見一個長髮少女走過。

那少女極美。

他正有些呆愣，便讓學姊拉著書包揹帶往前拖。

學姊拉著少年在高聳玩具貨架中左繞右拐老半晌，回頭已經不見幾個分頭去替她尋找玩具刀槍的嘍囉了，喊了幾聲，也無人回應。

她繼續走，遠遠見到長髮少女站在一座架高玻璃展示櫃前。

少女穿著白色長袖襯衫、黑色長裙，持著一條絨布，細心擦拭展示櫃玻璃；展示櫃裡擺著一具三十公分高的人形玩偶，玩偶樣貌是個俊美男孩，造工精美，穿著古裝衣袍，手持小扇，開朗笑著。

但不知是否刻意設計，玩偶露在衣袖外的手、頸、臉部是尋常膚色，一雙眼瞳卻雪白一片。

少女望著展示櫃裡的男孩玩偶。

彷如望著情人。

「喂……」學姊朝少女揚了揚手，問：「妳是店員嗎？」

長髮少女轉頭朝她望來，點點頭，問：「你們想買玩具？還是想修理玩具？」

「修理玩具？」學姊有些詫異。「玩具還要修理？壞了買新的不就好了。」

「有些玩具，跟人一樣。」店員臉上看不出任何情緒，淡淡地說：「人生病了，要看醫生，可不是換一個就好這麼簡單。」

「靠夭喔！」學姊像是聽見了個笑話般，轉頭對少年說：「她是不是有病？」

「……」少年不敢搭腔，只靜靜不語。

「所以妳沒有要修的玩具。」店員問：「那請問，你們想要什麼玩具呢？」

「氣槍、模型槍。」學姊說：「武士刀也行，我男友也超愛武士刀，你們有賣嗎？」

「有。」店員點點頭，緩緩轉身，長髮像是夢幻動畫般旋動飄逸，伸手指向一個貨架的方向。

「那排後面應該有妳想要的東西。」

「你們這家玩具店也太大了吧……」學姊哼的一聲，拉著少年書包揹帶，往女孩指的方向走。

少年忍不住回頭，望著繼續擦拭玻璃的長髮店員。

「喂！」學姊察覺到學弟腳步遲疑，大力扯了扯他書包揹帶，將他拉進貨架，冷笑說：「幹嘛，你喜歡那型呀？」

「沒……沒有啊……」少年連連搖頭。

「我跟你講，那種女生我見得多了，表面上清清純純，私底下亂七八糟。」學姊長相不差，在學校裡被男生嘍囉和跟班姊妹們阿諛奉承慣了，不願被那長髮店員比下去般地數落起她：「綠茶婊子就是在說她那種女人。」

「妳……」少年不知哪兒來的勇氣，開口反駁。「妳怎麼知道？」

「我不是說了，我見多了嗎？」

「可是……妳見的是其他人呀……」

「哎喲！」學姊停下腳步，瞪大眼睛，訝異少年竟敢頂嘴；比少年高出半個頭的她，一把推在少年胸口，將他按在貨架上。「你現在是因爲只有我一個人，膽子大了是吧？」

「沒有……」少年低頭，搖了搖。

「我知道了。」學姊歪著頭瞧少年半晌，嘿嘿一笑。「你沒碰過女人對吧。」她這麼說，一把抓起少年的手，往自己胸部按去。「所以才會喜歡那種綠茶婊，你要是試過我，就知道我這種才好。」

少年暈恍恍的，像是被雷劈中般呆了，一下子還搞不清楚現在是怎麼回事。

「其實你長得還滿可愛的。」學姊嘻嘻笑地說：「如果你乖點，我會對你好的……」

少年不知該回答些什麼，只呆愣愣地感到學姊抓著自己的手，探入她制服領口、深入內衣裡，深深探索起來。

「如果你不乖。」學姊臉上也微微浮現暈紅，鬆開手，任由少年的手停留在她制服內。

「我會跟我男朋友說，你非禮我。」

「喝！」少年駭然地抽回手。

由於他受驚之下，力氣大了些，扯落了學姊制服的一顆釦子。

「很好。」學姊冷冷一笑，彎腰拾起那枚鈕釦。「這就是證據。」

「不……我……」少年正想辯解，又讓學姊拉著書包揹帶，往那女孩指示方向走去。

「妳……妳到底要我怎樣？」

「你平常有零用錢對吧。」

「有……」

「多少？」

「沒多少……」

「沒多少是多少呀！」

「一個月一千……」少年說：「包括上學車錢。」

「你家住哪？」學姊問。

少年說了個地址。

「沒很遠呀。」學姊說：「我剛好有個小弟有輛不要的腳踏車，我叫他給你，以後你騎腳踏車上學，每個月一千元給我。」

「什麼……」少年自然不情願。「我……我到底哪裡得罪妳了……」

「你沒得罪我呀，你就當自己倒楣，被我盯上囉。」學姊回頭，捏著鈕釦對少年嘻嘻一笑。「我男朋友兇起來會殺人喔。」

「……」少年低頭半晌，哽咽地說：「好……我零用錢給妳……但是我可以拜託妳一件事嗎？」

「幹嘛？你剛剛摸不夠？想多摸兩把？」學姊哈哈一笑，抓起少年的手又要往自己胸口蹭。

「不是！」少年連忙抽回手，說：「可不可以，留一千塊讓我配眼鏡……至少這樣我姊不會知道……我把錢都給妳了，別讓我媽媽擔心……」

「嗯……」學姊皺眉想了想，似乎覺得這樣也不錯，她在校仗著堂口男友勢力霸凌同學，也不是沒碰過釘子；倘若這次少拿一千，可以養隻聽話小狗，按月奉錢，似乎也挺不錯。

畢竟再聽話的小狗，被逼急了跳牆，說不定會反咬她一口。

「我留兩千給你好了。」學姊像是施恩般，從少年皮夾裡抽出九張千元鈔票，留下兩千在皮夾裡，把皮夾塞入乳間，扠手挺胸對著少年。「自己拿。」

少年有些受寵若驚，紅著臉取回皮夾，收妥。

「你乖乖聽話，我不會虧待你……」學姊又拉起少年書包揹帶，來到那長髮店員指示的地方，忍不住哇了一聲。

那兒幾處展示架，陳列著各式各樣的玩具刀槍，且造工精細逼眞。展示架區沒有櫥櫃玻璃隔阻，也沒有固定刀槍的防盜繩鎖。

「哇靠！」學姊愕然之餘，忍不住想要拿出手機拍照傳給男友，但突然想起自己是要給男友驚喜，事先破題，似乎又有點掃興——跟著她發現手機完全沒有訊號。「這裡不能上網喔？什麼鬼地方？」

跟著，四面八方都傳來腳步聲，原本走散的嘍囉們一個個都來到這玩具刀槍貨架區，也都看傻了眼。

「我幹！這裡到底是什麼地方？」「怎麼什麼都有賣？」「爲什麼之前都不知道有這間店？」「哇！這把超帥，老大一定愛死！」

「就是這把……」學姊目光放在一把銀色手槍上，這就是她男友最近苦等上市的模型槍，她忍不住從架上取下那把槍，只覺得抓在手上的觸感逼真紮實——

只是高中生的學姊自然不是生存遊戲愛好者，也非軍事迷，對槍械了解不多，但她去堂口男友家中時，也曾在男友陪同下，把玩過幾把高級模型槍和稍微劣質的模型槍，以及兩把真槍，總算稍稍具備些許鑑賞能力。

她直覺手上這把銀色新槍造工精美、重量材質極其逼真的模型槍是高級貨，她轉身問那長髮店員：「喂！這把槍多少錢？能不能算我便宜點？」

其實這把槍的價錢她與男友早在網路上查詢過，可眞不便宜。

她除了向學弟弄錢之外，本來打算再要求幾個嘍囉一人分擔一部分，最後自己再補上餘額，給男友一個大驚喜。

「那把槍不單獨出售。」長髮店員走到學姊和少年身旁，彎腰從貨架深處摸出一個紙盒，說：「那是這款遊戲的道具。」

「呃？」學姊呆了呆，望著那怪異紙盒。「這什麼東西？桌遊？大富翁？」

「差不多。」長髮店員點點頭。「不過風格偏向恐怖類型。」她指了指紙盒上頭三個字——

鬼抓人

「鬼抓人？」「什麼意思？」「這遊戲怎麼玩呀正妹？」「教我們玩好不好？」

嘍囉們起著鬨，其中幾個見店員貌美，說話輕佻起來。

「閉嘴啦！」學姊翻看那盒「鬼抓人」，聽見裡頭發出喀啦啦的聲音，就像一般盒裝紙盤遊戲裡有些骰子、棋子之類的小道具。

「妳說這把槍，是這爛遊戲的……道具？」學姊困惑問：「那這遊戲賣多少錢？」

「原價一百九十九元。」長髮店員說：「現在店內促銷，只賣九十九元。」

「九……」學姊不敢置信，揚著手中那把沉重精美的模型槍。「妳的意思是這把槍只賣九十九元？」

長髮店員搖搖頭，說：「『鬼抓人』特價九十九元，槍是『鬼抓人』的道具，在遊戲進行時，可以用來防身……」

□

眾人迷迷糊糊地帶著一盒「鬼抓人」和那精美模型槍離開玩具店，下樓找了間飲料店喝了飲料，這次學姊豪氣請客——用的自然是從少年身上弄來的錢。

「眞的……只要九十九元？」幾個嘍囉呆愣愣地望著桌子正中央那盒「鬼抓人」，及另經裝盒收妥的模型槍。

學姊正細心地透過網路，搜尋那款未上市的同款模型槍，連盒子、商標都和眼前一模一樣。

「是仿的吧？」一個嘍囉問。

「剛剛我摸過。」另一個同樣也挺迷模型槍械、生存遊戲的嘍囉這麼說：「手感眞的很棒，外表也帥呆，如果不管價錢，絕對會以爲是眞的。」

「那你剛剛怎麼不也買一盒？」又一個嘍囉問。

「對喔！」那嘍囉這才彷如大夢初醒，連忙起身，向學姊說：「我也去買一盒！」

他也不等學姊回答，急匆匆就往外跑，但剛跑出冷飲店，陡然見到廊道燈光閃爍幾下之後，換了一個顏色。

是種陰森、詭譎的黯淡青色。

同時，廊道裡其他客人在燈光閃爍之後，轉眼消失無蹤，一個不剩。

那嘍囉呆立在詭譎廊道裡，一時竟不敢往前，本能地回頭，望向飲料店裡的夥伴們。

飲料店裡，包括少年在內的五人，也被周圍變化嚇呆了。

飲料店店員消失了。

鄰桌客人也消失了。

燈光顏色不一樣了。

裝潢也漸漸地開始不一樣了——座椅、桌面漫開了圈圈霉斑，金屬支架上爬出片片鐵鏽，整間店像是一下子老了幾十年般。

一個好奇拆開「鬼抓人」的嘍囉，雙手還捧著盒蓋僵凝在空中，似乎意識到一切變化，與自己打開這盒「鬼抓人」有關。

「有問題！」學姊見到盒子裡幾隻古怪人形公仔眼睛閃閃發亮，嚇得大喊：「快蓋起來！」

那嘍囉立時要蓋上盒蓋，但已經來不及了，盒內幾隻古怪公仔身形迅速變大，頂開了壓下的盒蓋，一一翻盒出來，躍下桌子，身形繼續拔高變大。

三男兩女，五個怪人。

五個怪人模樣迥異，但有兩個共通點——樣貌都很恐怖，或者雙眼縫死、或者頭插長釘、或者滿手爛瘡、或者渾身血污、或者手提血鋸、或者滿嘴利牙，總之就是典型恐怖片裡的殺人魔模樣。

第二個共通點，是五怪人頭上都懸著一只計時器，顯示數字爲「01:00」。

「幹這什麼鬼東西？」「鬧鬼喔！」

學姊等嚇得要逃，卻突然感到全身痠軟無力，一陣奇異話語聲在眾人腦袋裡響起。

鬼抓人遊戲，規則說明——

一、被鬼抓到的人，必須接受懲罰，懲罰完畢，鬼會去找其他人，隔天再來找你，在你「成功脫逃」之前，鬼抓人不會結束。

二、成功脫逃只有兩種方法，一是把鬼殺光，二是完成個人任務；每個人的個人任務不一樣，請按照個人卡牌指示進行任務。

當語音說明到這裡時，「鬼抓人」盒中緩緩浮起六張卡牌，上頭分別寫著六個人的名字，和每個人的個人任務。

卡牌緩緩飄浮到眾人面前，大家紛紛接下屬於自己的任務卡牌。

少年望著自己那張任務卡牌上三條任務，神情困惑茫然——

一、換副新眼鏡。

二、買點禮物送給媽媽和姊姊。

三、回家把碗洗了。

他抬頭，只見包括學姊在內的另五人，各個面露難色，顯然他們的個人任務和自己不同，且難度似乎高出不少。

遊戲，正式開始——

學姊等人聽完那規則說明，突然發現力氣恢復了、能動了；同時他們聽見滴答聲，見到五個怪人身上的計時器終於啓動，從「01:00」變成了「00:59」、「00:58」、「00:57」……

「這什麼鬼遊戲啦？」「神經病才玩啦！」眾人一哄而散，逃出冷飲店，其中有幾個嘍囉甚至隨手就將自己的卡牌扔了。

但那些被扔下的卡牌，仍飄飛緊隨在自己的主人身後。

大夥兒衝上一樓，往大門方向逃，但此時整棟樓像是變成另一個世界般，牆面古舊斑駁、燈光陰森詭譎、一間間店面裝潢都破損老舊得彷如廢墟。

除了他們之外，一個人也沒有。

且整棟樓對外鐵門全緊閉著。

「啊！那些怪胎好像上來了！」有個嘍囉緊張一喊，眾人全靜下來，果然聽見一陣腳步聲和鎖鍊拖地聲——五怪人中，有戴著腳鐐的，也有拖著鐵鍊的……

「怎麼辦？」「往上逃！」「去找那間玩具店算帳！」大夥兒避開中央手扶梯，走外側消防通道上樓，想返回玩具店，向那長髮店員問清這遊戲究竟是怎麼一回事。

他們很快奔上四樓，來到剛剛進入玩具店的口字型廊道轉角。

沒有那間玩具店。

「啊！怎麼不見了？」「不是這層樓？」「會不會記錯了，是前面那個轉角？」六人在四樓繞了一大圈，都不見玩具店。

雖然他們確定玩具店位於四樓，但仍繼續往五樓、六樓找去，直到繞完整棟樓，一無所獲時，這才驚恐地討論起，玩具店會不會在二樓或是三樓。

「或是……」一個嘍囉這麼說：「本來就沒有那間玩具店？」

「你白痴啊？沒有玩具店，那我們剛剛進去的是什麼鬼地方！」學姊暴怒。

「就是……」那嘍囉怯怯地說：「『鬼』地方啊，我們撞鬼了……」

眾人喘著氣，望著四周變異陰森廊道和古怪店面，除了撞鬼之外，好像也很難提出更合理的解釋了。

喀啦——

喀啦——

鐵鍊聲遠遠傳來。

他們急著逃下樓，但手扶梯傳來腳步聲，消防梯同樣也有動靜——那些傢伙腳程雖然不快，但分頭找上來了。

「剛剛……」少年見學姊懷裡還抱著那把漂亮的模型槍，忍不住提醒她：「店員說這把槍……是遊戲裡的道具，可以用來打鬼……」

「對喔！」學姊猛然醒悟，連忙拆開槍盒，取出槍來，一時卻不知如何操作，隨即將槍交給那個也喜歡生存遊戲、模型槍的嘍囉。

嘍囉接過槍，熟練檢視一番，確認彈匣裡確實裝有子彈，立刻上膛。

六人緊張地擠在角落，聽見一陣古怪腳步聲漸漸逼近。

遠遠見到五怪人先後走來。

「交給你了，給我打爆他們！」學姊在後叮囑。

嘍囉吞嚥一口口水，沒說什麼，對著一個走近至十餘公尺外，行動緩慢、搖搖晃晃，像是喪屍般的「鬼」，開了一槍。

那鬼胸口中槍，立時倒下，化成一團煙霧，漸漸消散。

「哇靠！這槍眞的有用耶！」眾人歡呼一聲，就連少年也有些欣喜——儘管他被這幾個學長姊聯手霸凌，但他和他們一樣怕鬼。

第二個、第三個、第四個怪人，被持槍嘍囉一一擊倒，化成煙霧。

這些傢伙若是撇開兇惡外表，行動緩慢得彷如重病老人。

但第五個怪人似乎有些不同，個頭瘦小、彎腰駝背，戴著副花臉面具，像是孩童，又像隻怪猴，行動比前四個敏捷些。

持槍嘍囉手有些抖，瞄準許久才扣下扳機。

喀啦一聲，沒有子彈射出。

這把槍，只有四枚子彈。

「我幹——」「沒子彈了！」「這什麼雞巴遊戲！」大夥驚恐怒叫。

面具怪人見那嘍囉扣下扳機時，本來呀了一聲，抬手護頭，被嚇退幾步，但見那槍彈藥用盡，嘻嘻一笑，膽子大了，從髒破口袋裡掏出一把理髮電剪，一步步近逼。

「怎麼辦？」「幹！跟他拚了，這些鬼一槍一個，感覺沒有很厲害！」「我們有六個人！」眾人一面逃，一面東張西望，在六樓破舊店面裡，抄起板凳、鐵管、棍棒或是任何看起來可以當作武器用的東西，在廊道一端組成陣勢，打算和這面具怪人正面硬幹。

面具怪人搖頭晃腦地舉著電剪，越走越近。

一個嘍囉大著膽子，舉著椅子朝那面具怪人砸去。

椅子砸了個空。

面具怪人頭下腳上地「蹲」在天花板上。

眾人登時傻眼，這才驚覺眼前這面具小怪胎，動作快得不可思議。

下一刻，面具怪人已經騎上朝自己砸椅子的嘍囉肩膀，一屁股將他壓倒在地，坐在他背上，用電剪替那嘍囉理起髮來。

「哇，救命呀——」嘍囉驚恐呼救，只覺得這面具怪胎個頭雖小，卻壓得他動彈不得。

「趁現在！」學姊一聲令下，大夥兒一擁而上，舉著棍棒、椅子朝面具怪胎一陣亂砸。

「呀嘿嘿、嘻嘻！」面具怪胎被砸得左搖右晃，兩隻胳臂甚至都給打斷了、腦袋都給砸凹了，但仍緊握電剪，替那嘍囉理了個狗啃光頭，這才滿意起身，望著圍毆他的五人。

面具怪胎兩隻折斷的胳臂喀啦啦地接合復元、凹陷的腦袋也漸漸彈平。

「這傢伙……打不死嗎？」學姊顫抖起來。

第二個嘍囉被面具怪胎騎上後背，壓在地上理髮。

眾人再次圍上一陣亂毆，那第一個被理成難看狗啃光頭的嘍囉打得特別大力，砸爛了兩張椅子。

但結果一樣。

面具怪胎被砸得亂七八糟，仍剃完第二顆光頭，笑嘻嘻地起身，身上骨折傷勢快速復元，開始找第三個目標。

眾人終於失去戰意，扔下武器，四散奔逃。

第三個、第四個、第五個嘍囉一一被剃成狗啃光頭，然後，怪胎找著了躲在二樓女廁裡的少年和學姊。

少年被學姊推出廁所隔間，要他頂著。

他哪裡頂得住，轉眼就被面具怪胎制伏，壓在洗手台前理頭。

少年望著鏡子裡的自己，有些驚訝。

那面具怪胎對他似乎手下留情，並未將他理成先前幾顆狗啃光頭，而是理了個約莫一、兩公分的清爽平頭，然後撥了撥他腦袋和肩上髮屑便放過他，轉向，朝仍躲在廁所的學姊走去。

「對不起——」學姊尖聲喊著少年名字。「我錯了，我不該欺負你，我對不起你，以後我再也不敢了！」學姊喊到這裡，一把鈔票從廁門上方扔了出來，嘩啦啦地落在地上。

「嘎！」面具怪胎走至上鎖廁門前，望著滿地鈔票，轉頭朝少年嬉笑一聲，跟著縱身高高躍起，落入廁間。

上鎖廁間傳出學姊的驚恐尖叫和面具怪胎的怪笑聲，以及理髮電剪運作聲音。

少年緊貼著牆大口喘氣，腦袋早已嚇得一片空白，沒有逃也不敢上前撿錢。

喀啦一聲，廁門開了，面具怪胎搖搖晃晃地走出廁間，心滿意足地走出廁所。

少年聽見學姊號啕大哭的聲音，連忙奔到廁間查看，見到她也被理了個狗啃光頭，還一面哭，一面指著地板上那些鈔票，大罵他：「我錢還你，你為什麼不拿啦！王八蛋！都是你害的，我要宰了你……」學姊邊說，邊暴怒衝出，揪著少年領口就要朝他臉上揮拳。

少年還沒搞清楚狀況，見學姊拳頭揮來，嚇得身子一顫。

但學姊的拳頭沒打在他臉上，而是中途停下，她蹲了下來，將九張鈔票拾起，塞回少年手上，跪在他面前哭泣。「對不起，我不該欺負你，對不起、對不起，你可以原諒我嗎？拜託……不然『鬼』不會放過我……」

「我……」少年見到學姊頂著顆狗啃光頭，哭得稀里嘩啦，又見她顫抖地捏起一張卡牌，這才明白學姊態度反轉原因。

她那卡牌上，有四條個人任務。

第一條是將錢還給少年，向少年道歉，求得少年原諒，且永不再犯。

第二條任務，是讓少年摸胸部五分鐘，且絕不追究後續責任，作爲霸凌補償。

第三條任務，是往後不再欺凌他人。

第四條任務，是與那校外堂口男友分手——這條規則底下，還有條附加說明，她提出分手之後，「鬼」會轉而盯上堂口男友，一來避免他不甘糾纏，二來會日夜「輔導」那位堂口男友，讓他把過去幹過的違法案件整理過後，自首投案。

「我……我原諒妳……」少年嘆了口氣。「妳以後不要再……」他還沒說完，就被學姊拉入廁間，重新上鎖，協助學姊完成卡牌上第二項個人任務。

兩人步出廁所時，整座商場已經恢復原狀，商場裡人來人往。

學姊又將少年拉入廁所，掏出幾張鈔票，求他再幫自己一個忙。

少年滿臉通紅、腦袋有些恍惚，他取回了錢，又幫學姊完成「任務二」，心中怨怒委屈早已煙消雲散，聽她哀求自己，便接過她的鈔票，出廁所在商場內替她買了頂假髮，帶回去給她。

學姊戴上假髮，這才與少年兩人鬼鬼祟祟地離開廁所，撞見他倆紅著臉離開廁所的人，或許還誤認是兩個學生情侶沒錢開房，躲在廁所幹些不可告人之事——

不過那條時限五分鐘的任務二，其實也差不多了。

四個狗啃光頭嘍囉們找著了學姊和少年，人人手上捏著自己的任務卡牌，搶著向少年道歉，然後急著完成其他任務，包括清光幾條街的垃圾和菸蒂、償還先前向其他同學借了不還的東西和錢等等。

今日被鬼抓到的制裁已經結束，但眾人耳際還不時會響起那電剪聲音，和面具怪胎的竊笑聲，彷彿在提醒眾人，在沒完成個人任務之前，明日鬼依舊會現身。

今天剪髮，明天要剪哪裡，誰知道呢？

學姊一面啜泣、一面撥打電話，向堂口男友提出分手。

少年走出那商場，望著遠去的學姊背影，又回頭仰望大樓四樓位置，腦中還隱隱浮現那長髮店員美麗模樣。

嘻嘻——

他又聽見那面具怪胎的笑聲了，他的任務也尚未完成，他要去挑副新眼鏡，以及媽媽和姊姊的禮物，然後回家把碗給洗了。

小熊音樂盒

女人牽著小女孩，踏入玩具店。

女人神情憔悴，像是長期失眠，小女孩則茫然無措。

長髮店員持著棉布，擦拭男孩人偶展示櫃玻璃，一見客人上門，立刻起身招呼。「不好意思，本店東西很多，妳們想找什麼樣的玩具呢？」

女人從提包中取出一只小巧方盒，揭開，裡頭是隻精緻小巧、模樣可愛的小熊，穿著短小西裝，坐在一架鋼琴前，隨著盒蓋揭開，小熊連同整架鋼琴和底下圓座與方盒外的發條旋片一齊緩緩轉動起來，同時響起一陣悅耳音樂。

這是一個造工精美的音樂盒。

「我聽說……」女人神情憔悴不安，怯怯地說：「這個地方，不但賣玩具、交換玩具，也替人……修理玩具？」她托起那個巴掌大的音樂盒，遞向長髮店員。「請問，這算是……玩具嗎？」

「不知道，也許算吧……」長髮店員接過精美音樂盒，轉頭就走。「跟我來，我帶妳去見爺爺。」

女人牽著小女孩，跟在長髮店員身後，往玩具店深處走去。

小女孩東張西望，見到有些模樣古怪的玩偶時會害怕地貼著女人身子，見到可愛有趣的玩具時，又忍不住湊上前想瞧個仔細。

「不要碰。」女人見小女孩想要伸手觸碰一隻娃娃，連忙大力將她拉回身邊。「媽媽不是跟妳說過，這家玩具店裡的東西，都……都很貴，不可以隨便亂碰嗎？要乖一點，知道嗎？」

「我知道了。」小女孩點點頭。

長髮店員回頭望了女人一眼，說：「本店有很貴的玩具，也有便宜的玩具，妳能踏進這間店，表示這間店裡有妳需要的玩具；貴不貴，不一定。」

「是……不好意思……」女人望著那冰冷長髮店員，恭敬地連連點頭。

長髮店員持著小熊音樂盒，來到店內深處一張巨大工作桌前。

工作桌一如往常地雜亂，擺放著各式各樣的玩具零件，從公仔眼珠手腳到毛皮衣布，甚至是電子零件。

工作桌後的玩具爺爺也一如往常地忙亂，同時修理、打造著十幾樣新舊玩具。

「爺爺。」長髮店員走過去，將那小熊音樂盒擺上工作桌。「有客人想修玩具。」

玩具爺爺雙手抓著螺絲起子和一只古怪零件，停下動作，望向小熊音樂盒。

音樂盒上的小熊轉動速度漸漸變慢，然後停下。

長髮店員再次旋緊發條，讓小熊再次轉動，流溢出悅耳音樂。

玩具爺爺凝視音樂盒裡緩緩轉動的小熊，聽了半晌音樂，不解地問：「要修理這東西？這不是好好的嗎？哪裡壞了？」

「不、不……」女人聽玩具爺爺這麼說，拉著小女孩來到桌前，連連搖頭說：「它以前不是這樣的……」

「以前不是這樣，那是怎樣？」玩具爺爺端起音樂盒，見小熊轉動緩慢而流暢，音樂也聽不出什麼瑕疵。

「以前……以前……」女人神情茫然，七零八落地訴說起童年往事。

時光彷如倒流般——

童年時期的她，家境雖稱富裕，卻過得不快樂，她沉默寡言，在學校裡沒什麼朋友，放學回家也孤單一人寫著作業、吃著冷菜當作晚餐；父母下班返家，並不會讓她感到開心，而是更加苦悶。

即便她緊閉著房門，也會聽見客廳裡正在談離婚的爸媽彼此冷嘲熱諷、針鋒相對。

通常在這時，她就會取出這個小熊音樂盒，這是兩年前還在世的外婆送她的禮物，每當她孤單寂寥，或聽見父母吵架而憂鬱心煩時，只要旋緊發條、揭開盒蓋，望著裡頭轉動的小熊、聽著悅耳音樂，心情就會漸漸平復下來。

在某個夜裡，小熊開口對她說話了。

她儘管驚奇，卻不覺得害怕，對那時的她而言，這音樂盒裡的小熊，像是神賜給她的朋友，聽她傾吐心事、陪伴她無數個夜晚。

這樣一個好朋友會說話，其實是件值得高興的事。

會說話的小熊，彷如她的貼心知己，甚至和她心有靈犀，有時她還沒開口，小熊就知道她想說些什麼，然後直接答她，陪著她玩、陪著她哭、陪著她笑，陪她度過漫漫長夜。

也只有在小熊面前，她才能眞實展現自己的情緒和喜怒哀樂。

就在她父母離婚手續談得差不多時，某一天放學，她被附近社區一個男人押上了車。

那男人早是附近街坊鄰居口中的危險人物，他本來家境富裕，但父母相繼離世後，短短幾年內便將近億遺產揮霍殆盡，還染上毒癮；附近居民言之鑿鑿，那傢伙也許會因手頭緊迫選擇鋌而走險。

她甚至某次放學回家，與那男人對上眼神，晚上還因此作了些惡夢，她總覺得那男人雙眼看起來像頭餓壞的野獸。

在小熊的叮嚀之下，她這幾天都將一把美工刀藏在書包裡。

她總覺得這兩年，爸媽將全部的心力都放在工作、各自的情人及絞盡腦汁羞辱對方上。

她覺得在這個世界上，除了小熊之外，只剩下她自己能夠保護自己。

但她畢竟太小了，她只是個小學生。

當一個成年男人將她押上車時，她連將美工刀拿出來的機會都沒有，況且那車上還坐有男人同夥。

她被載往一處陌生的廢棄公寓。

男人和同夥逼問出她父母的電話，打了通勒索電話，兩人嘻嘻哈哈地喝酒閒聊取得贖金之後，該上哪兒取樂子。

然後他們不約而同地望著角落瑟縮的她，同時露出了不屬於人類的神情。

像是發覺眼前的小女孩，除了勒索贖金之外，似乎還具有其他價值。

她在兩人喝酒閒聊時，趁機用美工刀切斷繩子，在他們走向她之前，用盡全身的力氣拔足狂奔下樓，樓外是一片荒野山林。

在黑暗中，她不知道該往哪兒逃，她藏在樹後，取出音樂盒，打開蓋子，扭動轉軸。

小熊一方面安撫她，一方面指點逃脫路徑和方式。

在小熊指路下，她終於逃出山林、逃回市鎮，報警逮著兩人。

這一夜，將她父母離異的時間延後了一些，在某段時間裡，她覺得爸爸媽媽看起來跟以前一樣和藹、家庭像之前一樣和樂，那是她好久好久沒有感受過的溫暖滋味。

在這樣的溫暖滋潤下，她很快將那一晚發生的事情拋諸腦後，再也不去回憶。

跟著，她步入青春期，課業壓力隨之增大、父母終於離異、經過了幾段青澀戀情，小熊在她的生命裡佔據的比重日漸減少。

有一晚，小熊說她長大了，要和她說再見了。

從此她打開音樂盒，小熊便和最初一樣，只會轉動，再也不會講話了。

又過了幾年，她結束求學生涯、找到一份優渥工作、遇上一個男人；她與那男人相愛、步入禮堂，還生了個寶貝女兒。

然後，她的女兒也上了小學。

然後，她和老公之間，也出現了裂痕。

當她發現自己的生活和女兒面臨到的心境，竟與她童年時期如此相似時，她覺得自己似乎做錯了什麼，她試著挽回與老公之間的關係，但終究還是失敗了。

她帶著女兒離開男人房子，回到當年舊家——

當年她爸爸將房子留給她們母女倆，她媽媽罹癌過世時，將房子留給了她。

但是她才帶著女兒搬回舊家不久，某夜卻見到了當年那個曾經擄走她的男人。

儘管過了許多年，她依舊記得男人胳臂上那奇異刺青，和他那野獸眼神。

原來男人早出獄了。

她在與那男人擦身而過時，並未與他四目相接。

因為男人那雙野獸眼睛，直勾勾地盯著她女兒。

二十年的牢獄生涯，沒有馴化男人心中的獸，反而將那獸滋養得更加茁壯、凶殘了。

她驚慌帶著女兒返家，一面準備搬家、一面翻出過往的小熊音樂盒，反反覆覆地旋緊發條、揭開盒蓋，甚至要女兒對著音樂盒裡的小熊說話，企圖用女兒的聲音喚回小熊。

「小熊、小熊……對不起，後來我長大了，少跟你玩了，你生氣了對不對；但是現在我好想你，我跟我女兒都需要你，我好害怕……他回來了……」

那晚，她跪在地上對著音樂盒說話。

嚇壞了的小女孩只能抱著她一起哭。

她請了長假、打包雜物，甚至聯絡前夫，盼他暫時照應女兒一段時間，待她搬妥新屋後才接回女兒，但她前夫正與新歡出國度假，並覺得這只是她編織出來想要挽回他的藉口。

「然後……」玩具爺爺說：「妳就找上門了。」

女人淚流滿面，顫抖地說：「我在網路上，聽說爺爺您……能修好世間所有的玩具，我希望你能替我修好這個音樂盒，讓小熊……」

「……」玩具爺爺花了老半晌，聽女人講完她的童年遭遇和當前困境，將視線放回小熊音樂盒上。

音樂早已播畢，小熊動也不動。

玩具爺爺再次轉動發條，再聽了一遍音樂、看小熊轉完。

「這沒有壞，它是好的。」玩具爺爺將音樂盒闔上，推至工作桌邊，婉拒了這份工作。

爺爺只修壞玩具，沒有壞的玩具要怎麼修呢？

「沒有壞，那爲什麼……」女人顫抖地拾起音樂盒、扭動發條、揭開盒蓋，望著緩緩轉動的小熊、傾聽那早已倒背如流的音樂。

她腦海裡漸漸浮現出一段段與過往記憶有些相似，但又有些許不同的情節。

原來童年的她，一邊向小熊說話。

然後自己假扮小熊答話。

她時常閉著眼睛想像自己與小熊在原野樹下玩耍、採果、烤肉的情景。

那一晚，小熊其實沒有替她指點迷津。

因爲小熊是她想像出來的朋友，不是眞的。

音樂盒沒有壞。

音樂盒裡的小熊原本就不會說話。

那一晚她並未逃出山林，而被男人與同夥逮著了，遭受了惡夢般的殘酷對待。

所幸大批警察很快趕到，逮著了男人和同夥，將她緊急送醫。

她只記得那時她在醫院裡，哭著向爸爸媽媽討要那個小熊音樂盒，她要她的小熊。

那段時期，她時常對爸媽和心理輔導師述說小熊的種種，所有人都附和她，都說小熊會保護她。

剛剛她對玩具爺爺述說的當夜經過，便是當年她在父母溫暖陪伴，醫生護理人員細心治療、輔導下，慢慢編織出的一個用以覆蓋惡夢的虛構記憶。

當時所有人都這麼說：「對，就是這樣。」

久而久之，她就眞的以爲是這樣了。

直到她踏進玩具店，見到玩具爺爺，聽玩具爺爺說音樂盒沒有壞，這才想起了當年那彷如平行時空般的眞實記憶。

「對……沒有壞……」女人雙眼呆滯，淚流滿面，牽著小女孩，連音樂盒也沒拿，搖搖晃晃轉身走了。「我想起來了……是我記錯了……」

「根本……沒有小熊……」

玩具爺爺望著女人頹喪離去的身影，伸手拿起那音樂盒，再次旋轉發條、揭開盒蓋；聽著悅耳琴聲、凝視緩緩旋轉的彈琴小熊。

□

女人坐在速食店，與小女孩默默望著窗外街上往來的車。

「待會我先帶妳去旅館，妳乖乖待在旅館，媽媽回家收拾行李，晚點回來找妳，好不好？」女人這麼問。

「我想跟妳回家一起整理。」小女孩天真地說：「如果那個壞人過來，我給他一拳。」

「……」女人望著小女孩童稚雙眼，知道她比當年的自己還小了幾歲，也不放心讓她一個人夜裡待在旅館，便點頭說：「好吧，那等等回家妳動作要快點，不要拖拖拉拉，快點把衣服整理好；爸爸跟野女人出去玩，我們也出去玩，好不好？」

「好呀！我們去哪裡玩呀？」

「去比較遠一點的地方，所以衣服要帶多一點。」

「可以用我的小箱箱裝嗎？」

「可以呀。」

「哇！」小女孩喜上眉梢，驚喜尖叫。「終於可以用小箱箱了。」

母女倆步出速食店時，見到玩具店那長髮店員托著女人的小熊音樂盒站在她們面前，對女人說：「妳的音樂盒沒有壞，所以爺爺沒辦法幫妳修，不過幫妳改造了一下。」

女人愣了愣，接過音樂盒，扳動發條，正要揭開，卻覺得那音樂盒蓋像是鎖死般打不開。

「爺爺說，這個音樂盒在必要的時刻再打開就行了……」長髮店員淡淡地說完這句話，轉身離去，隱沒在人群中。

「是……」女人茫然地點點頭，將音樂盒收回提包。

□

女人帶著小女孩返家後，替女兒向幼稚園請了長假，一面收拾起出遊衣物，一面準備出遊計畫——她打算在長假期間，上外縣市散散心，思索一下未來人生，以及如何處理母親留下的舊居。

「媽媽，今天那家玩具店，好多玩具喔。」

「是啊。」

「媽媽，下次再帶我去行不行？」

「那裡不是想去就能去的，至少我查到的資料是這麼說的……」

母女倆有一搭沒一搭地閒聊著，將衣物和出遊用品往一大一小兩個同款同色系行李箱裡塞；本來還有只更大的行李箱，連同兩只中小號行李箱，是女人過去一齊購入的全家福款式；但在搬離前夫住處時，她並未將那只「爸爸箱」一併帶走。

「媽媽，爲什麼爸爸跟別人出去玩，不跟我們出去玩？」

「可能他覺得跟別人出去玩，比較好玩吧……」

小女孩倒是還記得這些行李箱一共有三個，這次是她第一次使用自己這款行李箱——過去她還太小，自己拉不動行李箱，當她自己拉得動時，常將娃娃、雜物塞入箱中，在家裡拖著玩，只盼「爸爸箱」、「媽媽箱」以及她自己這小箱箱一併動用的那一天。

但那時女人和丈夫的感情已經生變，小女孩的夢想始終未能成眞。

女人收妥行李，時間已經稍晚，她一面上網搜尋出遊的第一處目的地，一面思索是否現在就離家，還是休息一晚，明天才悠哉外出。

喀啦——

那自後院發出的聲響，令她敏銳地起身開窗往外瞧，後院沒有動靜——媽媽留給她這舊家，是附帶前後院的樓房一樓，前後院雖然都裝設著警報系統，但她仍不安地起身出房查看。

她家雖是這大樓一樓，但挑高六米，室內隔成兩層樓，一共六房三廳，可是高級住宅——這也是當年那吸毒男人盯上她的理由。

她來到女兒房，見小女孩在衣櫃前猶豫不決；身旁小行李箱已經擺著幾件衣物，周圍堆滿一堆玩偶，小女孩像是無法決定這空間有限的小行李箱，究竟該分配出更多空間給她寶愛的娃娃還是衣服。

「妳慢慢挑喔。」女人這麼吩咐小女孩，出房前，還特意將房門反鎖，關上。

她小心翼翼在二樓巡了巡，然後下樓，一樓客餐廳、數個房間燈都亮著，電視機也開著——她刻意營造屋內人多氣氛，倘若有人心存歹念，見到屋內燈火通明，或許會打消念頭。

她來到客廳，開門瞧了瞧前陽台，也沒有動靜。

喀啦、喀啦——

在電視聲中，她隱約聽見一陣不屬於電視聲音的突兀聲響，連忙關上電視，豎耳傾聽，那聲音也跟著停止。

一股前所未有的恐懼感襲上心頭，她甚至聽見自己的心跳撲通作響。

因爲那突兀聲響，明顯比她關上電視稍慢一、兩秒，且自廚房方向發出。

廚房有扇通往後院的後門。

她吸了口氣，往廚房方向走去，經過五斗櫃時，順手拉開抽屜，取出一柄大剪刀，倒握在手。

但正當她猶豫是否要繼續走向廚房，還是先上樓打電話報警時，室內所有燈光，陡然一片漆黑——

她突然想起，她家配電箱設在廚房。

樓上響起小女孩的尖叫，她立時轉身往樓上奔——這是她長居多年的老家，即便漆黑一片，她也熟悉屋內擺設、樓梯位置。

啪啦、磅啷！

她聽見身後有陣聲響快速逼近，像是有人從廚房追出要逮她。

且不只一人。

「在那邊，看到了。」

「抓住她。」

女人急匆匆上樓，只見手電筒光束胡亂掃過她身，如同追蹤逃犯的探照燈般，緊咬著她。

她從那急促交談聲中，立時得知，就是當年的男人與同夥。

兩人或許沒有認出她，或許只當她是這華奢老屋的新屋主。

但她卻記得他們那身自骨透出的非人氣息。

她奔上樓，往女兒房間跑去，但房門敞著，小女孩的聲音自二樓另一側發出——剛剛她步出女兒房時，雖反鎖了門，但全家燈一滅，小女孩自個兒開了門跑去母親房中要找媽媽。

她急急往自己臥房方向跑，眼前強光刺目——兩頭野獸已經追上樓來，剛好攔在她與女兒之間，用手電筒照著她。

「唔——」女兒發出了像是被人抱起，且摀住嘴巴的聲音。

女人在正對她臉的刺目強光前下跪苦苦哀求。「求求你們，不要傷害我女兒，我可以給你們錢……」

「妳……能拿多少錢出來？」男人的聲音聽來比當年粗啞了些。

二十幾年過去，當年十歲的她，如今已三十多，樣貌和過去的小女孩大不相同；但當年二十來歲的男人與同夥，從年輕生猛的凶獸，變成仍有餘力作惡的凶獸。

「我有一千多萬存款……」女人流淚哀求說：「可以通通給你們，放過我們吧……」

「一千多萬耶。」男人與抱著小女孩的同夥細聲商量起來。「要怎麼拿到手？」「要她交出提款卡？」「你豬啊，提款卡一天只能領兩、三萬！」「要她交出存摺印章？」「有風險……」「你聰明，你說怎麼拿？」「明天我們一個押著她女兒，一個帶她去提錢。」「嗯，好像只有這辦法……」

「那……現在要幹嘛？」

「可以幹的事情，多著咧。」

兩頭中年野獸，發出了野獸的笑聲，將女人和小女孩拖進房中綁起，還在她們口中塞了衣物，不讓她們叫喊出聲。

男人將手電筒擺在櫃上照映牆壁，像是間接照明，在昏暗室內扠手望著床上流淚顫抖的女人和小女孩，依舊沒有認出眼前女人，就是二十多年前曾經被他施暴過的受害者。此時他盯著女人裸露在絲綢睡衣下的大腿，忍不住吞了幾口口水。

距離明天銀行開門還有好長的時間，他想找些事情打發時間。

他伸手解開皮帶。

同夥則翻找起女人提包，將女人皮夾裡的現金搜刮一空，見裡頭有個東西閃閃發亮，好奇取出。

是那小熊音樂盒。

奇異的光亮，自盒蓋縫隙溢出，盒外發條一點一點地持續旋緊。

同夥揭開盒蓋，五顏六色的彩光將暗室映得明亮一片，音樂盒裡鋼琴小熊緩緩旋轉起來，悅耳的音樂叮叮咚咚地響起。

褲子褪到一半的男人，也被映滿房中的奇異彩光和音樂嚇著，回頭一望，只見同夥尖叫起來——

那同夥被幾隻三十公分大的小棕熊壓在地上，動彈不得；音樂盒落在那同夥腦袋旁，彈琴小熊緩緩轉動，且更多差不多大小、衣著不同的小棕熊不停跳出。

穿著籃球衣的小棕熊高高躍起，照著還提著褲頭的男人臉上就是一拳。

男人捱了一拳，鼻子流血，往床上撲倒，卻被燕尾服小棕熊和西裝小棕熊拉住雙手往地上拽，磅地摔倒在地；牛仔帽小棕熊甩著繩圈，與其他小棕熊聯手，包粽子似地將兩個傢伙五花大綁成一團，高舉起他們要往門外扛。

但兩個大男人綁成一團，體積太大，竟過不了門。

學士帽小棕熊靈機一動，示意大家要將他們綁得更緊一點，說不定就能擠過門了。

其他小棕熊同意這個提議，放下他們，將纏著他們身子的麻繩勒得更緊，將他們手腳盡量扳至只有極少數的瑜珈或是體操高手才能擺出的角度——

兩個傢伙自然沒有練過一天瑜珈，只覺得四肢、脊椎，像是遭到超暴力整骨般被拗至遠遠超出自己能夠忍受的範圍，痛得慘號，但嘴裡立時被運動服小熊塞入他們自己的臭襪子，還被貼上膠布。

音樂盒持續發光、音樂持續響著，兩個傢伙持續發出痛苦的低吟，被小熊們綁緊再綁緊。

躺在床鋪上的女人見到最後自音樂盒蹦出的小熊，和她當年想像裡的小熊一模一樣。

不知怎地，她彷彿墜入夢鄉，不僅不覺得驚嚇，反而覺得理所當然，彈琴小熊解開了母女倆的繩子，取出塞在她們口中的衣物。

女人和小女孩躺在床上，與圍繞身邊的小棕熊們閒聊起來；母女倆也會互相聊天，聊著明天起床要去哪個地方，吃當地美食；小棕熊們在一旁附和，完全像是當年女人和彈琴小熊間的互動。

當年女人和小熊的互動，僅僅是一個孤單小女孩的自娛想像。

此時卻如同童話電影成真般上演。

兩個傢伙的姿勢終於被綁成能夠通過房門的尺寸，被小棕熊們扛野豬般扛出房、扛下樓。

床鋪上的小棕熊們一隻隻躍下床，奔出門。

彈琴小棕熊則在女人和小女孩睡著之後，也溜下床，拿起那小小的音樂盒，擺在女人枕旁，音樂持續響著，音樂盒的彩光卻漸漸暗去。

彈琴小棕熊對著床上的母女倆深深一鞠躬。

也轉身奔離出房。

□

長髮店員站在展示玻璃櫃前，靜靜望著玻璃櫃裡的俊美男孩人偶。

這是她的習慣，倘若沒有客人上門，也沒有玩具爺爺的特別指示，她打掃完畢之後，可以望著男孩人偶一整天。

她聽見騷動在店門口響起，回頭只見店門開了，小棕熊們扛著兩個傢伙回到店裡。

她走到那看來被捆成肉球般的兩個傢伙，下令小棕熊們解開繩子；兩個中年男人雖被解開了繩子，但剛剛被小棕熊們捆綁時，全身筋骨被「喬」得壞了，像灘爛泥般癱在地上。

長髮店員提起兩人衣領，將他們往深處拖，來到玩具爺爺大工作桌前。

玩具爺爺依舊忙碌地修整玩具、製造新玩具。

店員拾起工作桌上一盒紙盤遊戲，擺在兩個傢伙面前，揭開盒蓋。

兩個傢伙搞不懂這是什麼意思，只能隱約見到盒上遊戲名稱是三個字——

鬼抓人

「爺爺說，你們既然喜歡當惡鬼，不停做著惡鬼才會做的事情……」店員提起男人同夥，將他身子一吋吋地往小紙盒塞，直到整個人都被塞進了盒子裡。「那就如你們所願，讓你們當鬼吧。」

跟著男人也被提起，他顫抖地想要求饒，但嘴裡還塞著襪子，且斷裂的四肢和部分脊椎讓他完全動彈不得，腦袋被長髮店員往紙盒裡按，只見盒中有張紙本地圖、有骰子、有些拇指大小的人形公仔。

其中一個，模樣和姿勢，就像是他那同夥。

接著輪到他了。

他也被長髮店員慢慢塞進小紙盒裡，變成了拇指大小的惡鬼公仔。

長髮店員蓋上盒蓋，男人與同夥一動也不能動，不能言語。

下一次盒子揭開時，他們或者開始當鬼，又或者會見到新的夥伴加入。

除此之外，是永無止盡的寂靜和黑暗。

□

女人和小女孩，在晴朗陽光映入窗中時同時清醒，互望了望，不知道自己怎麼睡著了。

她們一點也不記得昨晚發生的事，甚至不記得她們前往玩具爺爺的玩具店、不記得那美麗卻有些憂鬱的長髮店員，也不記得前些日子重遇那男人的事情，只記得母女倆一致同意，放個長假，外出旅行。

女人下床，指揮小女孩繼續收拾行李。

她見到床旁的小熊音樂盒還敞著，發條已經轉盡，便重新轉緊發條，讓彈琴小熊緩緩轉動。

熟悉而悅耳的叮咚琴聲再次響起，彈琴小熊緩緩轉動。

「謝謝你陪我度過我的童年。」女人望著掌心中的音樂盒，不該想起的回憶似乎再次遺忘了，過往與小熊的交情依舊。

「我不會讓我的女兒的童年和我一樣。」

「謝謝你，我的好朋友。」

紙風車

「阿誠啊，你到底要我還是要她呀？」

「當然是要妳呀。」

「但是你那時丟下我，跟她跑了。」

「我很快後悔了，回來找妳啦，還跟妳生了三個孩子，現在帶妳環島呢。」

「孩子……我們有孩子？」

「有呀……」

停在一條靜僻巷弄旁的老車裡，飄著淡淡的茉莉花香，坐著一對老夫妻，望著窗外雨景，聊著往昔瑣事。

雨雖不大，卻也足以令本來出沒在鄰近四周的野貓們，全都躲了起來。

「阿誠呀，你當時爲什麼丟下我，去找她呀？」

「因爲我傻瓜呀。」

「所以你知道我比她好啦。」

「是呀……」

巷弄牆沿上，緩緩走來隻土黃色小貓，小貓頭上戴著頂草帽，背上揹著只小背包，自牆躍下，走向老車。

「啊呀，地瓜來啦。」老先生連忙按下車窗。

「氣死了，這什麼爛天氣。」地瓜躍入車內，在老先生褲子上踩出幾枚濕漉漉的腳印，跟著躍至後座，摘下草帽和背包，搖頭晃腦抖落一身雨水。

「會說話的小貓，你又來啦！」老太太似乎十分頗愛地瓜，一見他來，立時眉開眼笑。

「給你們七月份的平安符呀。」地瓜喵喵回答，揭開小背包，取出一只紙管，躍至副駕駛座，窩在老太太裙上，同時將紙卷遞向老先生。

本來躍入車時還濕漉漉的地瓜，此時一身黃毛轉眼蓬鬆乾燥，一點也沒沾濕老太太的灰綠長裙。

老先生接過黃紙卷，揭開，是一張符。

他取出打火機，湊在半開窗邊將符燃了，呼地一吹，那燃火黃符化爲點點螢光，在整輛老車周圍縈繞好半晌。

就連老先生和老太太身上，都隱隱發出微光。

「阿誠呀，你放煙火呀？」老太太問。

「這不是煙火。」老先生回答：「這是七月的平安符，是我向一位老婆婆買的，一共十二張，一個月燒一張。」

「那是做什麼用的？」

「讓我們一整年平平安安、身體健康，有足夠的體力環島一圈，然後回家。」

「回家……」

老太太似乎忘了自己有個家。

這幾年，老太太漸漸忘了許多事，甚至是些珍貴的事，連自己的兒女都時常認不得。

但她認得地瓜，這四個月來，地瓜每個月都會從各地小巷弄裡現身，替他們送來下個月的平安符，且總會在他們身邊賴個幾天，聽他們述說旅途中遭遇的點點滴滴，看老先生用手機拍下的各種景點及與老太太的合照。

幾個月前，老先生被醫生宣告癌症末期，只剩下約莫一年左右的壽命。

他不顧兒女的醫療建議，私下動用多年積蓄，找上符紙婆婆，買了一年份的「旅遊平安符」，想在人生最後一刻，帶著失智妻子環島旅遊，走訪這些年來他們曾經造訪過的地方，踩踩他們曾經踩過的路、看看他們過去看過的景、嚐嚐過去他們都愛的小吃。

「小貓呀，這次你能不能待久點？」老太太輕撫著地瓜一身黃毛，這麼問他。

「看情況呀。」地瓜回答：「婆婆那兒貓多，但像我這麼能幹的卻少，我要是待得太久，芋頭可能會太忙，而且——」地瓜翻過身，讓老太太搔他肚子。「這趟旅程，是妳跟阿誠的環島旅行，是你們的二度蜜月，多我這隻貓當電燈泡多掃興呀。」

「我想讓你幫我看緊阿誠呀。」老太太哼了聲，瞪了老先生一眼。「不看緊他呀，他立刻跑去找其他女人啦。」

地瓜扭頭望著老先生。「阿誠，你會這樣子嗎？」

「……」老先生一時不知如何回答地瓜這個問題，苦笑搔了搔頭，說：「都過去啦，我現在這把年紀，還能找什麼女人，我眞要找女人，又何必帶著老婆出來找。」

「阿誠說得很有道理呀。」地瓜點點頭，抱著老太太的手舔了幾下，逗得老太太呵呵笑，但她似乎不想在那個話題上饒過老先生，繼續說：「你不知道他，他呀，見一個愛一個。」

「我現在只愛妳一個，妳是最好的。」老先生哈哈一笑，摸了摸老太太頭髮。

「哎喲你終於承認我是最好的啦！」老太太撥開老先生的手，向地瓜抱怨起來。「當年呀，他拋下我去找那女人……」

地瓜又扭頭對老先生說：「阿誠，以後別這樣啦。」

「以後……」老先生苦笑。「應該不會了。」

地瓜又點點頭，對老太太說：「我相信阿誠現在只愛妳一個，不然他也不會……拿出那些錢，買一整年的平安符，只爲了帶妳二度蜜月。」

「哼。」老太太聽地瓜這麼說，這才不再說老先生壞話。「算他還有點良心。」

這一年份的旅遊平安符說貴不貴，說便宜也不便宜，十二張符，能提供老先生和老太太足夠的體力，讓他們開車環島、走路逛街——其實婆婆已經打了折扣，當時只收下老先生帶來的三分之一現金，讓他們這趟旅費更寬裕些，住宿更舒服些。

條件是讓地瓜每月隨行幾天，帶點趣聞回去說給婆婆聽。婆婆喜歡聽美麗的故事。

一個時日無多的老先生，不顧兒女反對，帶著失智老妻環島二度蜜月，還不夠美嗎？出發前，老先生和兒女可吵翻天了，幾個兒女自然不可能放任生病父親帶著失智母親單獨出遊，更不相信老先生口中那符紙婆婆的平安符。

直到地瓜親自現身，學人用後足站起身，小爪子扠著腰，說起人話，兒女們這才目瞪口呆，知道父親當眞遇上奇人，得到了奇異力量護身；同時他們見到坐了幾年輪椅的母親，突然生龍活虎地整理行囊，又見到患病父親爲了證明這符當眞有用，一口氣做了幾十個伏地挺身，還搆著門框做起引體向上，終於相信兩老眞有能力獨自旅遊，連忙上前把還吊在門框上的老先生抱下。

兒女們開出最後的條件——老先生得學會使用智慧型手機，和他們隨時保持聯絡。

燒了平安符的老先生，似乎連腦筋都年輕許多，一下就學會智慧型手機上的通訊軟體，旅遊開始後，照三餐貼照片轟炸兒女們設的家族群組；起初兒女們還替他們開心，後來漸漸忍不住提醒老先生每處景點貼一、兩張照片就行了，不要一次貼幾十張。

老先生和老太太在這近海小鎭已經待了一個多月，預計還要再待上一個多月——他們這趟環島之旅，可不是年輕人心血來潮，花個幾天幾夜騎車繞島，而是尋訪往昔回憶的旅程——這小鎮是老太太過往家鄉，她在這兒成長、求學，小鎮上有許多她年輕時的回憶，因此本來就計畫待得久些，等老太太覺得夠了，再來討論下一處目的地。

老先生接到了地瓜，驅車前往小鎮近海觀光景點，他事先在那近海處也訂了間稍微高級的旅館，準備在那兒度過兩天一夜。

「那時候呀，阿誠家裡有錢，年紀輕輕就買了汽車，每到假日就帶著我四處遊山玩水……」老太太輕撫地瓜腦袋，看著窗外街景。「不過他老了記性差，來這兒待了一個多月，還是什麼都不記得，連以前帶我上哪兒吃冰、看電影都不記得了……」

「都幾十年啦……」老先生苦笑說：「舊的房子都拆光了，新的房子都不認得，當年那些電影院、冰果店，早拆光啦……」

「以前我們的學校倒是還在……不過校名改了，去了幾次，只認得一些地方……」老太太又瞥了老先生一眼。「這老頭呀，連當初在學校哪個地方親我都不記得了……」

老先生默默開車，苦笑不語。

「一定是同時親過太多女孩，才不記得的。」老太太哼哼地說。

「都過去啦。」老先生說：「幾十年前的事情，氣到現在，我們是出來開心、出來回憶從前的。」

「你什麼都不記得，怎麼回憶呀？」老太太說。

「好好好，妳想到就提醒我，我聽著聽著，就想起來啦。」老先生哈哈大笑。

「我看吶。」老太太對地瓜說：「一定是老頭子當時心思放在其他女人身上，所以不記得以前跟我的事……」

「我哪裡不記得，妳愛的花是茶花、妳愛喝的茶是烏龍、妳愛吃魚勝過吃豬牛羊、妳年輕時愛穿碎花裙子、愛穿高跟鞋子又不太會走，常常把腳扭了，後來才改穿平底鞋子的。」老先生哈哈笑著說。

「還不是因爲你呀！」老太太抓著了話柄，嚷嚷說：「當年你喜歡高個兒女孩，說女孩個頭兒高，腿長才美，我爲了你才買了雙高跟鞋，誰知道還沒練好走路，你就帶著那長腿女孩跑了，不要我啦！」

「後來我覺得還是穿碎花裙子的妳比較好。」老先生隨口答。「所以又回來找妳啦。」

「那時我喜歡玫瑰。」老太太繼續說：「茶花是後來才喜歡的……」

「但妳後來討厭玫瑰，說這輩子再也不要玫瑰。」

「那是因爲當年我撞見你送那女孩更大一束玫瑰，我再也不要玫瑰了。」

「以後改送妳別的囉，下次如果經過花店，妳想要什麼花？」

「又不是少年人，送什麼花……去看看海就行了。」

地瓜默默聽著兩老鬥嘴，遠遠見到海岸愈漸逼近，也嗅到海水氣味。

老先生與老太太抵達海邊旅館時已近黃昏，他們放妥簡單行李，歇息半晌，出來找了間老西餐廳用餐。

「妳點什麼？魚排？大蝦？」老先生望著菜單。

「你看，你又忘了。」老太太沉下臉。「當年我們上西餐廳，你點菲力、我點沙朗，你分一塊給我，我分一塊給你，這樣兩個人都吃到兩種了。」

「……」老先生無奈說：「後來妳比較愛吃魚。」

「因爲老了牙齒鬆啦。」老太太張開口。「你燒了貓婆婆的符，我們現在身體好了，能吃肉啦。」

「好。」老先生點點頭，向服務生點了菲力和沙朗，還不忘問老太太。「妳想幾分熟？」

「你又忘了。」老太太說：「我都點五分熟。」

「好，都五分熟。」

兩人用完餐，還不忘替地瓜也帶了份魚排全餐。

地瓜在車上狼吞虎嚥吃完魚排全餐，心滿意足地舔舔爪子，說：「其實你們不用替我準備吃的，我不是普通的貓，我就算不吃東西也餓不死，不過如果你們眞的準備了，我不吃也尷尬，還是吃下肚得好。」

「是嗎？我車上還有一些貓罐頭，你要不要？」老先生隨口問。

「要。」地瓜點點頭。

然後老先生找了個地方陪老太太看了海岸夜景，這才回旅館休息。

翌日，天氣放晴，老先生帶著老太太來到沙灘，挑了張遮陽棚子下的長椅，遠遠望著海、望著在沙灘上打滾的地瓜。

地瓜似乎對海浪很感興趣，見浪一退就衝去追水，見浪逼來又喵喵笑地奔回躲開，見有狗湊上來想聞他屁股就揮爪打跑狗，見附近玩水女孩稱他可愛便收回爪子翻肚任女孩摸玩撒嬌。

「沒見過這麼像狗的貓。」老先生瞧得呵呵笑。

「你還記得那時你在海邊對我說了什麼嗎？」老太太突然說。

「我們也來過這裡？」

「我們去過好多海邊，你全忘啦？」

「沒忘沒忘，我們去過好多海邊，沙有黑有白，對吧。」

「對呀，每次看海，你都對我講同樣的話，又忘啦。」

「沒忘，我都說『我愛妳』。」

「我愛妳，之後呢？」

「還有之後呀……那應該是，我們要相愛一輩子，對吧。」老先生呵呵笑地伸手搭老太太的肩。

「哼！」老太太揮手撥開他的手。「你總是說『我心裡，永遠只有妳一個女人』——結果是句謊話，你還是跟長腿女人跑了。」

「謊話妳還問。」

「只是看看你還記不記得當初說的謊話。」

「我後來不說謊了。」老先生笑著再次伸手搭上老太太的肩。「我回來找妳了，而且真的跟妳相愛一輩子啦。」

「……」老太太這才願意將頭往老先生肩上倚去。

「晃了幾個月，好多地方都變了，都不認得了……」老太太望著海說：「只有大海看起來還是和以前一樣。」

「是呀。」老先生說：「還有日出日落，天上的星星月亮，都不會變——這兩天天氣好，妳想不想上山看星星？」

「行是行。」老太太問：「但你還記得你看星星時，對我說了什麼話嗎？」

「我帶妳看星星跟看海說的話不一樣嗎？」

「當然不一樣。」

「我說……妳比天上的星星月亮還美？」

「不對。」

「那……我把天上的月亮摘下來給妳？」

「不對。」

「天這麼黑，我都看不見妳美麗的臉了……」

「噁心，不對……」老太太有些不耐煩，終於公布答案：「你說，牛郎織女一年才見一次，我們比他們幸福多了。」

「這麼爛的台詞……我也講過？」

「你也知道這台詞爛呀，不但爛，還是謊話。」老太太依舊緊咬那把柄不放。「原來牛郎不只一個織女，有好幾個，跟其中一個跑了，不要我了。」

「我要妳呀。」老先生說：「其他的都不是織女，只有妳是，後來我們天天在一起了，牛郎還帶織女環島，妳說幸不幸福。」

「一把年紀說話還這麼噁心。」

三天後，地瓜帶著滿滿的故事，向老夫妻道別，且約定好下一次會面日期——仍然是同一條小巷。

時光匆匆，老先生和老太太在這小鎮又待了幾週，有些膩了，當年認識的人已不復在、當年熟悉的景全變了，他們花了兩、三天，決定接下來繼續往東，去另一處海港市鎮——老太太說那是當年某次長假，老先生帶她來玩了數天，那次玩樂，讓她有了身孕。

當年長假旅遊之後，老太太本來要和家人回南部老家，但因事耽擱幾天，她想偷偷給他一個驚喜，沒跟他說，便上他家找他，卻見到他捧著更大一束玫瑰，送給那長腿女人，還與那女人擁吻。

老太太向他攤牌，問他要自己還是要長腿女人。

那時他選了長腿女人。

老太太只好選擇拿掉孩子，被父母禁足了好長一段時間，離開了傷心地，獨自到外地找新工作。

「妳確定要去那裡呀，妳不是說討厭那地方？」

老先生聽老太太說想去看看，不禁有些猶豫。

「你自己說以前的事都過去啦，最後你還是選我啦。」老太太哼哼地說：「幹嘛？你有罪惡感呀？」

「我怕妳一路上又罵我個沒完。」

「你不做壞事，我罵你幹嘛？你做了壞事，我當然罵你。」

「好好好……」老先生無奈說：「我做壞事，讓妳罵，妳嫌罵不過癮，用鞋子打我都行。」

「這倒不用，你知道錯就好了……」老太太望著窗外。「那你記不記得，那時那夜市，我愛吃什麼？」

「嗯……」老先生早料到老太太一定這麼考他，事先做好準備，也不等老太太打斷，一口氣講出一大串小吃——

「你根本胡來，亂猜的！」老太太氣罵：「你早不記得了對吧，你帶太多女人逛夜市了。」

「後來就只帶妳一個呀……」老先生委屈地講了幾樣自家附近夜市的小吃。「妳愛吃的不就那幾樣。」

「我那時口味跟現在又不一樣。」老太太這麼說，講了幾樣冰飲，說到時候要嚐嚐回憶。

「現在年紀大了，別吃那麼涼的，對身體不好……」

「現在有貓婆婆的符加持，我們身體都好得很。」

「但那符有效力限制呀。」

「所以趁著符有效時吃呀。」

「就怕攤子沒了，都幾十年前的攤子啦。」

「找類似的也行。」

「好好好。」老先生無奈說：「妳想吃什麼都帶妳吃，別吃慣了以後挑食就好。」

「你先擔心你自己吧……」老太太說。「你不是說上醫院檢查，說什麼指數過高嗎？」

這趟旅途前，老太太雖然曾聽兒女提及老先生癌症末期這件事，但她似乎已經忘了，此時她提及的「上醫院檢查，某項指數過高……」是老先生旅途中隨口說的。

老太太這幾年失智愈漸嚴重，早將這幾十年間的大小事幾乎都忘了，甚至連自己幾個兒女都認不清了，唯獨對年少往事記得一清二楚；在符紙婆婆旅遊平安符加持下，對這趟旅途中的過程倒也大致記得，只是不時還是會追問老先生到底是要自己，還是要那長腿女人。

老先生都說要她。

且早已要了她，守著她一輩子了。

老先生沒說出口的，是他自己的「一輩子」，正逐漸邁向終點。

□

在這臨海小鎮包月旅館退房這天，老先生和老太太將行囊整理上車，開到那條小巷。

地瓜準時現身，帶來了八月份的旅遊平安符。

他蹦到老太太懷裡，聽她數落老先生這幾週裡，這也不記得、那也不知道，肯定是當年抱過太多女人，不重視她的緣故。

「阿誠，以後別這樣啦。」地瓜也照慣例這麼附和。

「以後不會啦。」老先生像是早已習慣這樣的對答，驅車前往下一個海港市鎮，他們名義上雖是環島，但對路線倒不特別計較，因此並未沿著濱海公路走，而是穿山前進。

老先生在那山上景點也安排了個三天兩夜的行程——先前那臨海市鎮晚上熱鬧光害重，星星看不清楚，登上高山，就能清楚看見星星了。

這三天兩夜的山景行程，兩老甚至計畫第一晚在山上景點停車場過夜，看一整晚星星，隔天才去山邊旅館泡個溫泉，好好歇息。

因為老太太說以前也是這樣。

老先生可不敢對兒女講他們這計畫，但他徵詢過地瓜意見，地瓜說沒問題，婆婆的符能保他們旅途身體健康，別說夏夜在山頂停車場看整晚星星，就算是隆冬看整夜大雪都沒問題。

老先生相信地瓜的話，他覺得婆婆的符讓自己的反應神經都年輕了幾十歲，還從容閃開一個逆向壓車過彎的年輕人。

地瓜回頭望著那輛逆向機車，嘀咕說：「換成是芋頭，說不定會追上去賞他一爪。」

「這條路我好像記得。」老太太望著上山公路、望著逐漸黯淡的天色。

他們挑了處人少的停車場，在車旁擺開兩張小摺疊椅，吃著事先備妥的餐點，在星光下野餐，聊著往事。

老太太照慣例問些當年老先生對她說的情話。

老先生也照慣例地含糊帶過。

老太太再照慣例對地瓜埋怨老先生心裡擠了太多女人，她只是其中一個而已。

「阿誠，以後別這樣啦。」地瓜也照慣例幫腔。

「我以後不會了……」老先生回答，無奈苦笑低聲說：「而且……也沒有以後啦……」

□

深夜，老太太有些倦了，先上車壓低椅子歇息。

老先生倒是看不倦漫天星光，獨自將摺疊椅拉到副駕駛座旁，像是守護著老太太入眠般，默默望著星空。

「阿誠，你怎麼不睡覺呀？」地瓜悄悄來到老先生椅旁，這麼問他。

「今天天氣好，這麼美的星星，不趁現在多看幾眼，以後也沒機會看了。」

「阿誠，你一路上不會後悔？」地瓜問：「如果你把錢跟時間拿去治病，說不定能多活幾年。」

「……」老先生答：「都這把歲數了，多活幾年又如何？我太太她這腦袋不行了，什麼都記不住，在燒婆婆的符之前，她連孩子長相跟名字都忘啦；我把錢拿去治療，割這兒切那兒，光是下床撒個尿都麻煩。咱倆兒要是這樣活著，跟死又有什麼分別？我們有幸得到婆婆的符，這把年紀還能這樣上山下海，玩一整年，多好，怎麼會後悔？」

「也是。」地瓜點點頭，突然又問：「阿誠，你現在對你太太這麼好，是因為以前虧欠過她？」

「……」老先生先是默然半晌，跟著哈哈苦笑。「我這輩子沒虧欠過任何一個女人。」

「啊？什麼意思？」地瓜不解地問：「那這大半年，她怎麼一直說你跟那長腿女人跑了，她老糊塗了？」

「不，這點她沒記錯，只是……」老先生呵呵笑著說：「我不是阿誠。」

「呃！」地瓜吃了一驚。「阿誠，你說你不是阿誠？」

「那是她初戀情人。」老先生望著星空，淡淡地說：「當年她拿了孩子，家人也不諒解她，她遠赴他鄉，找了新工作，認識了我。」

「……」地瓜瞪大眼睛，靜靜聽老先生講述往事。

老先生不如阿誠家底豐厚、不如阿誠高大英俊、不如阿誠風趣，兩人認識一、兩年後，平平淡淡地在一起、平平淡淡地結了婚、生了三個孩子。

平平淡淡地過了幾十年。

「如果阿誠是瓶美酒，那我就只是壺白開水。」老先生自嘲地說：「怪不得她記不得我。」

「所以……」地瓜問：「她把你當成阿誠，那之前你們去的地方……」

「那些都是她跟阿誠去過的地方。」

「所以你這半年，都在假裝阿誠……難怪你什麼都不知道。」

「是呀，誰知道那阿誠說過什麼鬼話……」老先生苦笑說：「我那時木訥，只是不停寫信、寫卡片，見了面也不大會說話，只送她風車。」

「風車？」地瓜比手畫腳說：「你是說紙做的風車，風一吹會轉的那個東西？」

「是呀。」

「你追女生送風車幹嘛？」

「我老家種茶的，她說討厭玫瑰，我就摘些茶花，讓花香沾在紙風車上，心想風一吹，讓她聞聞茶花香。」

「她有聞到嗎？」

「可能有吧……」老先生苦笑自嘲：「當年我要是懂得阿誠那些鬼話，說不定她會記得我……」

「……」地瓜攤了攤爪子。「現在她記得的人，不是你，是別人，這樣的旅程，你也樂意？」

「非常樂意。」老先生仰臂枕著頭，瞧了瞧在副駕駛座沉沉睡著的老太太。「這一路上，她雖然常怨東怨西，但總有開心的時候……她很多年沒這麼開心了。」老先生說到這裡，頓了頓，望向星空。「當年我第一眼見到她，就愛上她了，追了好久，才追到她——她跟著我這壺白開水平平淡淡過了一輩子，不嫌我窮、不嫌我悶，這趟旅行，是我這輩子最後一次逗她開心的機會了。」

「她開心，我就開心。」

老先生瞥了地瓜一眼。「所以我當然樂意。」

「嗯。」地瓜點點頭，沒再說什麼。

一人一貓靜靜望著星空老半晌，地瓜突然又開口。「我想起來了，你們明天下山的路上，應該會經過一間玩具店，裡頭有許多逗人開心的東西，到時候上門逛逛，我也想替婆婆帶點伴手禮。」

「好。」

□

清晨時分，老先生載著老太太，挑了個好位置看日出；老太太對日出似乎沒有太大興趣，倒是打著哈欠逼問老先生過去有沒有帶其他女人看過日出。

老先生說沒有。

老太太可不相信，她覺得當年那個「阿誠」，除了那長腿女人之外，肯定還藏了更多女人，看星星看海看日出什麼的，對阿誠而言，應該是家常便飯——那年代有車的人不多，阿誠開著老爸的車，上山下海，可威風了。

老先生總是含糊帶過。

地瓜也不插話，獨自在兩老腳邊打滾玩蟲。

看完日出，兩老回車上歇息了一會兒，逛了幾處景點、吃了午餐，到了午後，才驅車前往山下已經事先預定好的溫泉旅館，老先生倒是還記得昨晚地瓜說的那間玩具店，但他沿途經過幾處觀光農場、遊憩區，地瓜都說玩具店不在那邊。

「地瓜呀，你說的那……玩具店到底在哪兒呀？」老先生駕車繼續往前，不時瞧瞧衛星導航。「這條路繼續開下去，都要下山啦。」

「可能時間還早，玩具店還沒開門呢。」地瓜這麼說。

「總要知道位置呀……」老先生說。

「位置不重要。」地瓜說：「那間玩具店，就跟婆婆家一樣，時候到了，就找得到了。」

「哦——」老先生這才不再多問，按照預定計畫，載著老太太抵達溫泉旅館停車場。

老太太下了車，照慣例打開提袋，讓地瓜躲進去——地瓜隨行時，晚上偶爾會在外頭蹓躂玩耍，偶爾也會陪伴兩老住宿；並非每家旅館民宿都讓客人帶著寵物入住，但地瓜不是尋常的貓，不會掉毛也不用上廁所，因此倘若老太太想帶地瓜一同住宿時，便會讓他躲進提袋裡，入房後再放他出來。

老先生牽著老太太走向旅館正門，地瓜卻突然自老太太提袋裡探出頭來，指著一旁一條小徑，嚷嚷叫著：「在那邊，玩具店開門了，我聽見音樂了！」

「啊？」老太太困惑問：「什麼玩具店？」

「地瓜說他知道一家玩具店，裡頭有很多逗人開心的東西，他想帶點伴手禮回去給貓婆婆。」老先生答。

兩老按照地瓜指示，繞去旅館後方小徑，只見小徑一側是山壁，一側是旅館的一些機械設施和倉儲。

「是什麼玩具店會開在這兒？」老太太正困惑不解，便見到一處倉儲捲門緩緩上抬。

一個長髮飄逸的長裙女孩，抱著一個接著延長線的老舊霓虹招牌步出店外，擺妥招牌，站在招牌旁，像是在迎接他們。

「姊姊、姊姊！」地瓜從老太太提袋裡蹦出，奔向那長髮店員，撲入她懷裡。

長髮店員面無表情，但動作倒是俐落，直到地瓜撲向她的最後一刻，才舉手接著地瓜，摸了摸他的頭，望著牽手走來的老先生和老太太。

「今天妳怎麼這麼好，主動出來接我們，之前妳不是一天到晚只擦玻璃嗎？」

「你家婆婆昨晚打來電話跟爺爺講過，今天有客人要來。」長髮店員淡淡地說。

「是我昨晚趁老先生睡著時，跑回去跟婆婆報告的。」地瓜在長髮店員懷中打起滾，像是撒嬌般。「那是對可愛的老夫妻，婆婆希望玩具爺爺……」

「我知道，爺爺說過了。」長髮店員望著走近的老先生和老太太，單手托著地瓜，另一手朝店裡揚起。「歡迎光臨。」

老先生見地瓜與那店員親密的模樣，知道這家店自然不是一般的玩具店，而是與符紙婆婆那門後一樣，有個神祕主人。

店裡只幾坪大小，幾排木櫃、層架上，擺著的都是些古早童玩、懷舊擺飾。

玩具爺爺坐在小小的櫃檯後方，櫃檯上堆滿玩具零件，櫃檯旁站著一老一少兩具等身大的木偶；玩具爺爺此時像是醫生般，替老少木偶檢查身體各處關節，斜眼瞧了踏入店裡的老夫妻，只隨口說了聲：「自己看看想要什麼。」

「喜歡的，都可以拿起來玩玩。」長髮店員這麼說，抱著地瓜，靜靜站在一旁。

老太太的目光停留在長髮店員旁那座古舊木櫃上的一個展示玻璃櫃。玻璃櫃裡是具精美人偶。

「這人偶做得眞好……」老太太拉著老先生走近那玻璃櫃，湊近盯得入迷，見那人偶全身衣著精美、膚色逼眞，卻只一雙眼睛雪白一片，似乎忘了點睛。「爲什麼不畫上眼睛呢？」

「因爲……」長髮店員聽老太太這麼問，微微露出哀愁的神情。「爺爺還在研究該怎麼造一顆心給他……」

「造一顆心？」老太太不明白這是什麼意思。

「這故事說來可長囉……」地瓜窩在長髮店員懷中，對老先生說：「你們等會兒住的是溫泉旅館吧，我推薦你們買艘『煙花船』。」

「煙花船？」老先生問：「那是什麼？」

長髮店員抱著地瓜，來到一處層架，托出一艘十餘公分長的金黃色帆船，帆船上有幾挺炮，造型彷如古代戰船。

「這艘船放在水裡，會自動航行，船上的炮會對著天空打一陣煙火。」長髮店員這麼解說。

「不行、不行。」老先生連連搖頭。「我們那溫泉是在房間裡，怎能放煙火……」

「不用擔心。」長髮店員微笑解釋。「這煙火看起來很逼眞，但不是眞的煙火，像是——」

地瓜插嘴說：「像是立體投影一樣，是假的，但是很漂亮，我保證老太太看了一定會開心。老頭，別猶豫了，就買這個。」地瓜不等老先生接話，伸出雙爪從店員手上搶過黃金帆船，蹦到老先生肩上，催促他：「快掏錢包出來結帳呀。」

「結帳……」老先生無奈掏出錢包，隨口問：「我連這船的價錢都不知道呢……」

「九十九元。」長髮店員答。

「呃！這麼便宜？」老先生本來已經捏了幾張千元鈔，聽店員說這別緻精美，又能放假煙火的黃金船竟連一百元都不到，不禁呆了呆，還以爲自己聽錯了。

「快付錢呀老頭。」地瓜催促。

老先生連忙遞出百元鈔票，接回一元找零。

「好了好了。」地瓜說：「可以去旅館了。」

老先生問：「你不是要替貓婆婆買些伴手禮？」

「不用了，婆婆派了僕人過來，他們會替婆婆挑禮物。」地瓜指了指櫃檯前讓玩具爺爺檢查身體的那一老一少兩具木偶。

兩具木偶聽地瓜這麼說，回頭朝他打了招呼。

老木偶說：「放心吧，婆婆都交代好了。」

「玩具爺爺，婆婆僕人就交給你們了。」地瓜對著櫃檯打了聲招呼。

玩具爺爺沒回答，隨手揚了揚手表示自己聽見了。

老先生捧著黃金船，一頭霧水地牽著老太太準備離開，剛踏出店，又被長髮店員喊住。

兩老回頭，見長髮店員遞上一支金黃色的紙風車。「這是來店贈品。」

老先生見那風車，有些驚訝，老太太倒是主動伸手，接過黃金紙風車，呢喃問老先生：

「這東西……是什麼呀？我怎麼覺得好像見過。」

長髮店員手一揚，店外吹起一陣微風。

紙風車轉了起來，隱隱透出一陣茶花香氣。

「老頭，玩具爺爺做的風車，是不是比你以前做的好？」地瓜在老先生肩上低聲問。

「好多了。」老先生這才明白地瓜帶他來這兒，是想送老太太一個紙風車。

「好香吶，挺好玩的。」老太太朝著風車吹氣，還用手撥弄風車，好像一點也不記得以前曾經收過無數支老先生親手造的紙風車。

「可惜我太晚找上這間店，若能早點送她這些好玩東西，或許……」老先生若有所思。

「哼！」老太太斜了他一眼。「少來，你要是以前知道這間店，也是帶她來，不是帶我來。」

「我沒帶別人來過，只帶妳來過。」老先生牽著老太太繞回溫泉正門，正想提醒地瓜別讓人瞧見，便見地瓜早已溜回老太太提袋裡。

老先生辦妥入住手續，帶著老太太上附近餐廳飽餐一頓，本來想多待一會兒，再看看星星，但今日天公不作美，烏雲密布，天空已經飄起細雨。

「這晚不能看星星了。」老太太這麼說。

「不要緊。」老先生說：「妳還記得我們買了艘煙花船嗎？等等泡溫泉看煙花。」

「不就是玩具船有什麼好看。」老太太說：「那個風吹就會轉的東西還比較好玩。」

「妳以前對風車沒興趣。」老先生哈哈大笑說：「一開始我送妳，妳都禮貌收下，後來送得多了，妳叫我別送了。」

「胡說八道。」老太太哼的一聲：「你什麼時候送過我那東西了，分明送其他女人，記成是我了。」

「……」老先生見她對紙風車一點印象也沒有，彷彿與自己幾十年的回憶被清洗一空，不禁有些悵然。

這半年來，這樣的悵然不時出現，又很快消失。

老先生邊賠不是，邊牽著老太太，在雨勢加大前，加快腳步往旅館走。

「哈哈哈……」老太太奔回旅館時，大雨剛好落下，她笑著說：「你還記不記得，年輕時我們也是這樣淋雨，不過那次運氣不好，被淋成落湯雞。」

「記得呀！哈哈哈……」老先生其實不記得，因爲那不是他。

不過他此時笑聲，有一部分出自眞心。

畢竟他這趟旅程，目的就是在生命燭火燃盡之前，竭盡所能逗老太太開心；所以他見到老太太憶起青春往事時笑逐顏開，他就滿足了——

她開心，我就開心。

「你們好慢喔！」地瓜在溫泉套房裡早已等得不耐煩了，一見老夫妻淋了雨回來，立時催促。「我水都幫你們放好了，我想看煙花，快來泡溫泉呀！」

兩老在外淋了雨，聽地瓜這麼說，連忙脫去濕漉漉的衣物，裹上浴巾，踏進室內溫泉，只見那艘煙花船就擺在造景石上。

地瓜見兩老入水，迫不及待地躍上造景石，將煙花船一爪揮進水裡。

船一入水，當眞緩緩航行起來，船上幾門炮管豎直對著蒸氣裊裊的溫泉上方，轟出團團煙花。

眞如地瓜所說，那一團團煙火彷如虛擬投影，雖然爆破範圍比眞實煙火小了太多，但效果十分逼眞，不僅逼眞，且比眞正的煙火更美——那炸散開來、五顏六色的火花，像是雨一樣落下，落在老先生和老太太身上，不僅不燙，反而有種舒麻感，落進了水裡也未熄滅，將整個溫泉池子照映得五彩繽紛、有如仙境一般。

兩老看得呆了，連「好美」、「漂亮」之類的感言都講得零零碎碎，地瓜在四周追逐著落下的煙火，玩得不亦樂乎。

這煙火秀足足上演了一個多小時，終於打光了所有「彈藥」，整艘黃金煙花船砰的一聲炸散出最後一團煙火。

金黃色的火花飄逸進整間房，像是螢火蟲般在房中旋繞。

地瓜關了燈，整間旅館室內如夢似幻，彷若黑夜星河。

兩老步出溫泉浴室，換上睡衣，坐在沙發上張望四周有如電影場景的旅館。

「雖然不能看星星，但看了場漂亮煙火……」老先生說：「現在……可比星星還美呀……」

「你當年……應該沒帶那長腿女人看過這玩意吧？」老太太這麼說時，腦袋依偎在老先生肩上。

「當然沒有，這輩子只帶妳看過。」老先生答。

「……」老太太長長吁了口氣。「算了，你就算帶她看過也無所謂，總之你最後還是選了我。」

「是呀……」老先生聽老太太這麼說，心中有喜有悲。

喜的是，這趟旅程至今，她總算釋懷當年阿誠棄她而去這件事。

悲的是，老太太自始至終，都將他當成阿誠。

幾十年的相處過程，像是眞實的煙花一樣，在老太太心中熄滅殆盡了。

兩老靜靜依偎半晌，黃金光點漸漸消散。

地瓜重開小燈，對著床邊櫃燈下小瓶裡的黃金紙風車吹了口氣。「很晚了，你們該睡覺了，我要回去找婆婆了，下次再見。」

「謝謝你呀地瓜，讓我看了這麼美的東西。」老太太先上了床，側臥瞧著床邊櫃上緩緩轉動的紙風車，漸漸覺得睏倦，閉眼睡了。

老先生取出筆記本，和地瓜約定好下次見面時間和地點後，地瓜便一溜煙跑不見了。

老先生也上床準備歇息，在昏暗燈光下，他望著老太太那側床邊櫃上猶自緩緩旋動的紙風車，突然覺得有些奇怪——

當年他親手做了不少紙風車送老太太，自然知道紙風車構造原理。受風面在左的紙風車，是逆時針往左旋；受風面在右的紙風車，則順時針往右旋；但這支黃金紙風車，受風面在右，此時卻是反常地往左旋。

他本來好奇地想起身檢視，但突然感到一股倦意襲來，同時聽見老太太微微的鼾聲，知道她已經睡著，便也靜靜躺下，閉上眼睛。

他作了一個好長好長的夢。

夢見自己初見老太太時的模樣、夢見追求老太太的過程、夢見寫信造風車的經過、夢見老太太答應他的追求時，自己欣喜若狂的傻樣、夢見他們交往過程中的喜怒哀樂、夢見他們結婚宴客、夢見他們孩子接連出生、夢見好多好多老太太的微笑——

老太太總是微笑，很少大笑。

或許是他太平淡了，也或許老太太習慣了這樣的平淡。

幾十年就這麼平平淡淡地過去了。

老先生睜開眼睛，醒了，看看手錶，這才發現距離退房時間已經所剩無幾，他急著想喊老太太起床，卻見老太太已經換妥衣服，站在寬闊落地窗邊望向窗外。

手裡捏著那支黃金紙風車。

「妳起床啦？怎沒叫我，快退房了……」老先生連忙下床如廁盥洗，出來時發現老太太已經替他將衣褲備妥擺在床上，連昨晚帶入房的行李也早已收拾好了擺在一邊。

他連忙穿上衣褲，提起行李，牽著老太太下樓退房，繞到停車場上車。

老太太偶爾隨手揮動那紙風車，老先生注意到此時這紙風車的旋轉方向，又恢復成右旋了；他將行李堆入後座，上駕駛座，這才發現身旁老太太臉上掛著淚痕，像是哭過一般，他呆愣愣地問：「妳怎麼了？」

「我作了個好長的夢……」老太太笑了笑說：「你快開車吧……」

「妳夢見什麼啦？可別又說夢見我不要妳啦……」老先生開始設定導航位置，那是處漁港市鎮，是他們的下一站——

那是阿誠當年帶老太太上那兒玩樂，搞大老太太肚子後就不認帳的地方。

老太太這半年來，堅持要老先生在那漁港市鎮向她認眞道歉。

老太太伸手按了按導航裝置，將設定好的路線取消了。

「妳幹嘛？」老先生愣然問：「妳不是要我在那裡向妳磕頭道歉？」

「那裡又不好玩。」老太太望著老先生，說了個地名。

那是另一個市鎮，是老先生和老太太當初相遇的市鎮。

「去那裡吧。」老太太這麼說：「我要你在那裡道歉……」

跟著，她喊了老先生的名字。

老先生瞪大眼睛，不敢相信自己的耳朵。「妳……妳……」

「你是該道歉……你做的那些紙風車……又醜又不會轉……擺得我整房間都是……醜死了……」老太太緩緩抬起老邁細手，搭上老先生的手，眼淚滴答落下。「爲什麼……我會忘記……陪了我這麼多年的你？」

一整晚逆著轉的黃金紙風車，像是逆轉了老太太的腦袋，喚醒她遺失多年的點滴記憶。

停在旅館停車場的老汽車遲遲沒有發動。

老先生和老太太在車裡相擁而泣。

好久好久，汽車才終於駛動。

老汽車目的地更新了，他們要開始重新尋訪回憶了。

老先生終於不用再假扮另一個不是他的人、揹著他沒犯過的罪。

終於想起老先生的老太太，說要重新尋訪屬於他倆的人生回憶，幾十年來雖然平淡，但總也去過不少地方、留下不少回憶。

符紙婆婆那旅遊平安符還有半年份，足夠讓他們把今生這條漫漫長路重跑一遍了——

有些歌要經歷一些風霜才聽得出滋味；有些故事要走過漫長旅程才看得出情懷；有些東西錯過之後才曉得珍貴；有些教訓要親身經驗過才眞正體悟。

半顆心

玩具爺爺工作桌前堆著各式各樣的零件，從另一端望去，幾乎只能看見他那光禿禿的頭皮上稀疏的髮；儘管如此，還是可以感覺出他的忙碌，他似乎無時無刻都是這麼忙碌。

長髮店員每日除了打掃、招待客人之外，便只簡單買些便利商店的食物——玩具爺爺多半也只吃幾口就不吃了。

這日長髮店員招待的對象是一對姊妹；國小妹妹那隻會說話的玩偶熊壞了，不會說話了，她哭哭啼啼了好幾日，國中姊姊帶她找上了玩具爺爺的店面。

玩具爺爺這店面時大時小，大的時候闊如巨型賣場，小的時候便只幾坪大；內部裝潢也不固定，有時新穎、有時古舊；甚至連玩具爺爺埋首的工作桌都時大時小。

唯一不變的，是營業時店門外那面老舊霓虹招牌，以及店裡那座放著俊美男孩人偶的展示玻璃櫃。

姊妹倆在等候玩具爺爺修理說話小熊時，聚在那玻璃櫃前，望著裡頭的人偶。

「這娃娃好漂亮呀。」「這隻多少錢呢？」小姊妹們忍不住向長髮店員詢問售價。

「這是非賣品喲。」長髮店員淡淡回答。

「為什麼沒畫眼睛呀？」

「因為，他的心不見了……」店員像是回答過無數次類似的問題。「爺爺每天都在研究怎麼替他新造一顆心……如果爺爺成功了，他就……」

「他的心不見了?」姊妹倆不解地問:「所以這個人偶本來有心?但是不見了?」「那他的心跑去哪裡了……」

「他的心……」店員望著展示櫃裡的男孩人偶,下意識地將手撫上胸口。

「修好啦!」玩具爺爺大聲嚷嚷,打斷了小姊妹們的問話。

「我是阿尼、我是阿尼——」小熊的聲音同時自工作桌發出。

妹妹驚喜奔去,姊姊也跟上。

妹妹從玩具爺爺手裡接過會說話的玩具小熊,嘰哩咕嚕和它對話——那玩具熊裡有簡單的AI裝置,能與孩童進行些簡單對話,經過玩具爺爺巧手修理,似乎連詞庫都增加了。

小熊手揮腳動:「主人好、姊姊好、我是阿尼、我乖乖!」

「哇!它會講的話變多了耶!」就連姊姊也對「升級」後的小熊感到驚喜,從錢包取出一張百元鈔票,遞給玩具爺爺說:「這樣才一百元好便宜喔。」

玩具爺爺接過鈔票,還塞了枚五十元硬幣給小姊姊。「今天打折,半價,快回家吧,天要黑了。」

「這麼好!」「謝謝玩具爺爺!」

長髮店員望著小姊妹離去身影,回頭看了玩具爺爺一眼,見他手勢,知道爺爺今天不再見客,搬回那霓虹招牌、拉下鐵捲門,從小櫃抽屜取出一張鈔票,從小門出店,買了幾樣簡單食物回來，和玩具爺爺默默吃完。

「以後呀。」玩具爺爺說：「人家問妳那些無聊問題，妳不想回答，可以別理他們。」

「……」長髮店員沒有答話，靜靜吃著手中麵包，突然問：「爺爺，他的心……」

「還得等上好一陣子了。」玩具爺爺搖搖頭。「妳可別怪我動作慢喲，當初造出你們的傢伙是個瘋子，也是個天才，他研究出來的東西，我到現在也參不透。」

「爺爺，我感謝你都來不及了，怎麼會怪你呢。」店員這麼說：「當初要不是你們聯手幫我，我跟他可能要被老師抓回去了……」

「被他抓回去的東西。」玩具爺爺食量不大，隨手將吃了一半的麵包、喝了幾口的豆漿，往一只小箱扔去。「下場可慘了……」

小箱上貼著一雙玩具眼睛，一見爺爺拋來垃圾，立時彈開箱蓋，接著麵包和豆漿——像是個全自動還兼具消化功能的垃圾桶。

玩具爺爺從工作桌上拿了把螺絲起子，對長髮店員劃了劃圈，示意她背過身去。

店員點頭轉身，反手揭開衣服拉鍊。

她的後背雪白一片，但玩具爺爺手中起子接近她後背，背上便隱隱浮現出螺絲和拼裝接痕；玩具爺爺旋下她後背幾枚螺絲，像是拉開一扇小門般揭開她整片後背。

她胸腹腔裡臟器構造與常人截然不同，肋骨間沒有肺臟，食道沿著脊椎骨接著腹腔裡一處古怪箱體，箱體周遭還有些小瓶小罐，似乎是作爲代替人類臟器的裝置。

而她那空空的胸腔中，懸浮著一顆約莫草莓大小、形狀有如卡通造型般的愛心。

那是她的心。

玩具爺爺歪著頭，持著小手電筒照映、不時用起子撥動那顆小巧愛心，例行檢查完畢，蓋回背蓋、鎖實螺絲，她的背又恢復原狀，螺絲、接痕漸漸褪去。

長髮店員反手拉回拉鍊，起身準備打掃。

「別打掃了，早點休息吧，店裡已經很乾淨啦……」玩具爺爺按熄工作桌桌燈，起身走入身後小房，沒再出來。

長髮店員也熄了店裡大燈，只留一盞小燈，來到那裝著男孩人偶的玻璃展示櫃前，默默望著裡面的男孩。

她閉上眼睛，腦海中就浮現起他朗笑的模樣。

很久很久以前，展示櫃裡的男孩那雙眼睛，不像現在雪白一片，而是精銳有神，會笑會說話。

很久很久以前，她不像現在這般等身大小，而是和玻璃櫃裡的男孩人偶一般高。

很久很久很久以前，她和男孩並不在玩具爺爺的店裡，而是待在一個陰森詭譎，終年瀰漫奇異氣味、迴盪著痛苦呻吟的地方。

那是一個專門製作人偶娃娃的人偶師傅的家，巨大得彷如一間人偶博物館。

人偶師傅年紀不大，約莫才三十來歲，他的臉色終年青慘蒼白，帶著兩枚大大的黑眼圈，像是永遠睡不飽；他身形瘦高卻總是駝著背，十指細長得超出常人許多。

他的眼神總是陰辣狠毒，性情比眼神更加陰毒。

他在那巨大如博物館的家中豢養著許多人偶奴僕，除了親手製造的新僕外，大多數舊僕都不喜歡他，因爲他們的前主人——這豪宅的原主人，也是這陰狠少主的叔叔，幾年前死了。

舊僕之間低調流傳著陰狠少主密謀殺死老主人，強奪下整座人偶豪宅的傳聞。

這年輕人偶師性情陰毒乖戾，但製作人偶的技巧比他叔叔更好，製作出來的人偶，擁有更強大的力量和更高的肢體靈活度。他替自己製作了一批親衛隊，監控、管理著其他舊僕，這也是過去老主人的舊僕們對新少主敢怒不敢言，更不敢反抗的原因。

人偶師正式接管大宅之後，改變了過去的經營方針，推辭掉大部分他認爲獲利不佳的案子，與那些老客戶漸漸疏遠；同時接洽那些他認爲投資報酬率更高的新生意。

那些生意多半是以前老主人不願觸碰的事情。

例如走私、運毒、暗殺、仇殺之類的事情。

漸漸地，那些與他疏遠的老客戶，不再稱年輕人偶師作「人偶師」。

改稱他「邪偶師」。

他輾轉得知自己在外界擁有了一個新諢號，不但不介意，反而得意洋洋，他覺得那是他與叔叔的區別——

一個只懂得做些笨手笨腳的洋娃娃討好病童、陪伴長者的老好人「人偶師」；和懂得造一隻隻能執行各種艱難任務的職業殺手、擁有一批獨立武裝偶軍的強人「邪偶師」。

他覺得被稱作「邪偶師」的自己強大多了。

而她和他，就是邪偶師替一件天價案件量身打造的一對人形娃娃。

兩人約莫三十餘公分高，全身關節皆可自由活動，五官臉蛋、軀體觸感逼真得彷如縮小的真人。

邪偶師耗費大筆心力，完成這一男一女兩具人形玩偶，接下來，開始替他們「上課」，所謂的上課，指的是教育他們一些尋常人類的生活常識，以及他們肩負的「任務」和「任務對象」的身分與日常生活習慣。

兩人在數個月的課程裡，漸漸理解自己的身分和使命。

這項任務起源，是一位富少追求一名大戶千金不成後，向邪偶師下的訂單。

千金小姐拒絕了富少的追求，投入另一名富少的懷抱。

這對新人不僅門當戶對，且往後可是名正言順、理所當然的企業聯姻——他倆都是自家獨子獨女。

而這對人偶的任務，就是將自己以賀禮的名義，送入新婚夫妻豪宅家中，逮著適當時機，殺死那對夫妻。

進而取而代之。

這三十公分的人偶，只要喝下特製的成長藥水，就能快速成長，直至停在施術者設定的歲數——即是那夫妻當時年歲。

然後再配合邪偶師後續提供的藥水，慢慢變老。

這對人偶的外型，是依照那對新人樣貌打造而成，當他們完成初步任務，殺死夫妻，等同這繼承了各自家業的夫妻，實質上被掉了包。

假扮夫妻的兩具人偶，外觀上將會與真實名門夫妻一模一樣；且他們的身體經邪偶師精心設計，除非強硬肢解，否則就連X光機、超音波儀器，甚至是核磁共振之類的先進設備，照出來的影像也與常人無異。

兩具人偶頂替了名門夫妻之後，往後將聽命「主人」行事。

那主人，自然就是先前追求不成的富少。

邪偶師在兩具人偶身中，各自放了半顆心，那半顆心的作用，等同人類大腦，記錄著兩具人偶從誕生到學習，以及進行後續任務的一切記憶；且由於那半顆心機能優異，先前的「上課」，已經讓兩具人偶具備了正常人生活常識，甚至是優異的外語和商業管理能力，當他們頂替那對夫妻之後，各自在工作領域上的表現，會比眞實的夫妻倆更爲優秀。

而兩具人偶另外半顆心，則裝在一具像是造型奇特的老舊公用電話裡，收藏於富少在自家豪宅中特意打造出的密室裡。

屆時富少只要往老舊公用電話投入「代幣」，撥打專屬號碼，便能直接對兩具人偶同時下令。

人偶將忠實執行主人下達的一切任務。

至於這些「代幣」，當然得另行向邪偶師購買。

一枚代幣的通話時間，只有一分鐘。

這能夠控制未來兩大商業集團接班人的命令代幣，一枚枚都是天價。

這筆案件不論前金加上尾款，或是後續定期維護、銷售命令代幣，都足以讓邪偶師往後即便不接任何生意，也能維持極度奢華的地下富豪生活。

邪偶師爲了這件案子、這對人偶、這兩對半顆心，耗費了相當漫長的時間，從那富少得知追求對象即將嫁給他人憤怒委託邪偶師開始，直到新人夫妻生下一個女孩，再到女孩接近週歲，足足過了三年，才完成這對人偶。

這對栩栩如生的人偶，將會穿上華麗的服飾，裝進奢華展示箱裡，以祝賀女兒週歲的名義，經那委託富少透過層層關係，送入名門夫妻家中。

□

任務的第一步成功了。

這對極其精美的人偶，確實進入了名門夫妻家中，且被擺在主臥室裡十分醒目的角落。

這對人偶的模樣，像極了少年時期的夫妻倆，美得讓名門夫妻都有些羨慕——爲什麼當年不早點認識對方呢，那時的自己倘若也穿著這般美麗衣飾合照，肯定不輸給展示櫃裡的人偶娃娃。

他們甚至打算訂製一套與人偶一模一樣的情侶衣飾，重拍一組寫眞照，要與玻璃櫃裡那對年少人偶比比美。

自然，少不了替週歲女兒也訂製一件同款童裝，象徵此時他們雖不若當年青春，但卻孕育出了兩人愛的結晶。

富少透過安排好的私家偵探，探出了兩夫妻意圖，知道他們連專屬攝影師都找好時，心中壓抑已久的妒恨火焰燃燒到了最高點。

他進入自家新闢出來的密室，來到老舊公用電話前，揭開一只黑色盒子，從中取出一枚代幣，在投幣口處停下動作——

每一枚代幣只有一分鐘的通話時間，黑盒子裡的代幣只有二十枚，他可不能投錢之後再想計畫——其實他早已和邪偶師擬妥進行計畫，全記在桌上的筆記本中。

他暫不投幣，而是翻開筆記本，仔細複習一遍，擬好說詞，這才投入代幣，開始對兩具人偶下達指示。

按照計畫，兩具人偶要取代名門夫妻，方法其實不難。

例如在某個深夜，待名門夫妻入睡後，兩具人偶開始活動，他們會先揭開腳下底板，自那鑲有金飾的厚重底座中的小空間裡，取出強效迷藥和成長藥水，打開展示櫃內鎖，悄悄出來，對熟睡中的夫妻下藥，迷暈兩人；跟著再喝下成長藥水，他們便會在一夜之間，長成至這對名門夫妻的年紀，外觀會與他們一模一樣。

再接著，變化成大人樣貌的兩具人偶，換上名門夫妻的衣飾，裝扮成屋主，開門讓「送貨員」進門。

這幾個送貨員自然也是主人另外委託的手下，他們會以送貨的名義，搬入大型貨物，再將眞人夫妻裝箱帶出，前往指定地，換乘兩輛車，分別將那對夫妻載往不同地方。

丈夫會被運往邪偶師豪宅，作爲邪偶師煉製新人偶時的藥材和材料；妻子則會被運到那追求不成的富少住處事先建置好的密室裡。

富少按照筆記本上擬妥的說詞，投入十六枚代幣，清清楚楚地對兩具人偶交代一切任務——這對人偶記性極佳，聽過的內容絕不會忘，因此過程中無須反覆溝通，那富少只要交代一遍即可。

「送貨員帶走他們之後，你們就代替他們，過著他們過的生活，你們上過課，也觀察過他們一段時間，盡量模仿他們平常互動，直到接到我下一個命令。」

只要這任務順利完成，他將會成爲兩個富商集團接班人的背後主人，屆時要如何利用這兩個集團接班人的影響力，直接助益自己所屬集團，讓自己的事業更上一層樓，那又是另外一回事了；此時他可沒想得那麼遠，一掛上電話，立時走出電話密室，轉進另一處密室。

那密室裡有張大床，布置得像是情人旅館，牆上掛著各式各樣的情趣用品和性虐道具。

這是他特地爲她準備的。

誰教她當年拒絕了他，投入他的死對頭懷抱裡。

他坐在大床旁的沙發上啜飲紅酒，幻想起當舊愛被送入這間密室，漸漸清醒，看見自己後的發展，他早爲此幻想了千奇百怪的荒誕情節，準備一一付諸實行。

然後等他玩厭了，再令「送貨員」將她轉送給邪偶師當成材料。

自然，爲防走漏消息，這些「送貨員」，全是富少向邪偶師另行購入的人偶，任務完成後即銷燬滅證。

此時是深夜，距離那已爲人妻的名門千金被載運至此，還有十來小時，他大可上樓返回自己臥房或是書房打發時間，好好休息一夜，但不知怎地，他就是想待在這兒，繼續培養見到她時的情緒。

他窩在柔軟的沙發上喝了幾杯紅酒，打起盹來。

□

深夜華奢豪宅裡，名門夫妻主臥房中亮著黯淡小燈。

不足週歲的女娃小床，就擺在大床旁。

剛剛接獲主人命令的兩具玩偶，緩緩開始動作，他們褪去那行動不便的華麗衣袍，赤裸著身子按照事先演練過無數次的流程，揭開腳下底板，取出成長藥水，跟著打開玻璃櫃門，躍下展示台。

他們只拿了成長藥水，並沒有拿迷藥。

他們俐落地攀上嬰兒床，拾起那不足一歲的小女娃枕邊幾條用來擦拭口水的小手巾，裹上身當成臨時衣物。

他們蹲在小女娃旁看她半晌，兩人相視一笑，轉頭準備離開。

她離開前，忍不住湊近女娃臉旁，親了女娃臉蛋一下。

兩具裹著小手巾的人偶，並未執行「主人」交付的任務，而是帶著成長藥水，循夜逃出豪宅，像是私奔的小情人般持續不停地逃。

他們一面逃、一面嬉笑打鬧，在日出前，逃上一處山郊，攀上一顆生著青苔的石頭，遠望日出。

邪偶師花了一年製出他們這神奇偶身。跟著又花一年替他們分別製出一顆心，然後一分爲二，一邊裝入他們體內，讓他們思考記憶；另一半則裝入電話，供富少遠端下令。再花一年，替他們上課，讓他們飛快學習人類生活知識，以及他們將要取代的夫妻的專業知識技能。

「你們只要記住，你們以後就是一對夫妻；你們要扮演的角色，就是一對夫妻。」

「什麼是夫妻……」兩具人偶在最初，尚不明白「夫妻」、「情人」、「愛情」這些詞彙的意思。

「這夫妻嘛……」邪偶師可沒耐心教這東西，他指派了其他人偶，替這兩具人偶「上課」；其中有些人偶，是人偶豪宅老主人的多年老僕。

人偶們除了教導他們生活常識、各種學科、外語和專業金融知識之外，也很盡責地教導他們什麼是愛情、什麼是婚姻。

他們就很快明白了。

畢竟那邪偶師確實是天才中的天才，他造出來那像是玩具的半邊愛心，具備著一切真人感情。

他們甚至在明白什麼是愛情之前，就已經愛上彼此了。

「如果是老主人，絕對不會指派你們去做這樣的事情……」

有天，一位替兩人上課的老僕玩偶，望著猶是少年模樣的他們，語重心長地說：「這種事，不是老主人建造這屋子，製作我們的目的……」

「老主人……」那時他倆第一次知道，這陰森大宅在邪偶師之前，還曾經有過一位老主人。

「也許你們聽不進我說的話，也許你們比較喜歡小少爺要你們做的事情。」在某一天，替他們上課的老僕在課程結束前一刻，用極低的聲音對他們說：「但如果你們後悔了，想停手，就去找一位婆婆，她能夠幫上你們。」

「找一位……婆婆？」兩具人偶不解地問：「那是誰？要怎麼找到她呢？」

「找幾朵茉莉花……你們知道茉莉花吧，別的老師應該教過你們。」老僕說：「四處找些有貓兒的小巷子裡，對每隻貓兒說你們想見婆婆一面，只要耐心地找，總會有隻貓兒，帶你們去見婆婆——那位婆婆，過去和老主人有些交情，她能夠保護你們不被小少爺逮回來……」

那時他們還不太明白老僕這麼說的意思，因爲那時他們根本還不知道他們之後要進行的任務。

「如果眞的要逃，就要逃得徹底，千萬不要被逮回來。」老僕這麼說：「否則小少爺能想出一萬種手段折騰你們。」

□

抱著各種荒誕妄想，醉睡在密室裡的富少，收到了「送貨員」的回報，情況不變——

他們送去的「貨物」被拒收。

本來該接回轉送兩地的「貨物」也沒接到，無法完成任務。

他傻了，緊急聯絡邪偶師。

邪偶師也傻了，帶齊了工具，親自前往富少家中密室，仔細檢查老舊公共電話裡頭的兩只「半顆心」；他從白晝檢查到傍晚，依舊檢查不出問題。

只得將那整座公共電話帶回自家大宅，更進一步深入檢查。

邪偶師不眠不休地檢查了那兩顆剖半愛心數日，終於發現問題所在——

這兩顆剖半愛心裡某些成分，和他當初開出的藥單原料，有些許不同。

這小小的不同，會令人偶胸腔裡那「半顆心」，擁有「自我意識」這項元素——這是過往老主人製作人偶時，特意留在人偶心中的一項元素。

老主人製作出來的人偶，或許力量沒有那麼強大，或許動作沒有那樣靈巧俐落，但比起後來邪偶師製作的人偶，擁有更多自我意識；老主人每具人偶，都擁有獨特的個性，除非偶爾失誤造出兇惡傷人的人偶，否則不管笨的傻的、手腳不靈活的人偶，老主人一概接納他們，將他們視爲整個大家庭裡的一員。

老主人離奇死後，邪偶師接管了整座人偶豪宅，改變了「心」的配方，製作出更強大、更靈活也更聽話的人偶。

他心目中的人偶，不需要「自我意識」，只需要「服從」，他將調製心的配方裡，會產生自我意識的材料通通拿掉了。

送入富少舊愛家中的兩具人偶拒絕執行任務，就是因爲他們那各自半顆心，在製作過程中，摻入了舊配方，令他們保有自我意識，懂得辨別是非、懂得抗命。

簡單來說，邪偶師花了三年時間，爲了這筆天大生意，推掉無數案子。

卻造出了兩具失敗品。

由於他自信滿滿，只收取微薄前金，那巨額尾款尚未入袋。

此時他只有幾種選擇，一是花費更多時間，重造一對新人偶、新的心，重新訓練上課，再用同樣的方法，送進目標家中——但這個方法，又得花上他兩、三年的時間，那富少未必同意；另一個方法，是尋回逃走的兩具人偶，摘出他們的半顆心，重新改造，這方法能夠將兩、三年的時間，縮短至十分之一。

這樣一來，富少或許願意等。

雖然此時發現人偶失蹤的夫妻，倘若屆時又收到一模一樣的人偶，或許會起疑，甚至拒收，但那並非沒有解決的方式，例如替人偶換張臉、換副造型……

總之，即便這筆生意泡湯，甚至重造全新人偶，邪偶師也要尋回背叛的他們，這是他一貫作風。

這幾年來，因為不滿他行事作風，擅自逃離大宅的舊僕們，都被他派出新僕一一尋回，兇狠折磨凌虐一番後，當著所有舊僕面前，銷燬處死，以儆效尤。

他一面安撫富少，告知自己的新計畫；一面下達追緝令，派出了精銳人偶殺手，尋找逃亡的兩具人偶。

另一方面，他將整座豪宅中的舊僕全聚集起來。

他想查出究竟是哪隻舊僕，在他替兩具人偶製作「心」的時候，偷偷在配方裡動了手腳。

他指揮著新僕，對那批舊僕「調查」了數日，將舊僕們「調查」得肢殘體缺、面目全非，仍查不出成果——這讓他不禁懷疑，那動手腳的傢伙，會不會就是這兩、三年逃出大宅，被他追回處死的那些傢伙之一。

他懶得查了，令新僕將舊僕全數拖入銷燬室中，放火燒成灰燼。

過去他留著舊僕，是看在舊僕跟隨叔叔多年，對大宅設施、製偶流程有一定了解，多少能夠幫得上忙，但近兩年他訓練出更多新偶，舊僕早已沒有利用價值了，此時他意識到這些舊僕，心中本質與他需求不同，甚至會反叛害他，所以全不要了。

他望著銷燬室裡的熊熊火光、望著漸漸被大火燒垮的舊僕們，他那雙眼睛流露出的陰毒目光，像是準備全力狩獵逃亡在外的那對叛變人偶了。

□

「妳怎麼樣？很痛嗎？」少年攙著少女，跟著自己也唔了一聲，差點站不穩。

「好像被什麼東西扎進胸中一樣……」少女一手抓著茉莉花，一手摀著胸口，腳步蹣跚地和少年走在小巷弄中，四顧張望尋找貓兒。「婆婆，我們想見婆婆……有沒有貓能帶我們去見婆婆……」

少年和少女就是那兩具抗命人偶。

他們胸中的半顆心，在製作過程中被摻入舊配方，擁有自我意識，懂得反抗；在上課的過程中，幾個老僕不僅教導他們生活常識，也教導他們如何分辨是非善惡。

他們是人偶，但懷抱著良知。

當他們被穿上華麗衣飾、裝入玻璃櫃中，聽邪偶師告知他們即將進行的任務，演練起深夜行動下藥時，漸漸感到不妥。

由於他們往後將要扮演的對象是「夫妻」，因此不曉得兩人心有異狀的邪偶師，從未禁止兩人私下交流。

兩人從被製造完成，一起上課，見到對方第一眼，直到被裝進玻璃展示櫃、送入豪門夫妻家中後，一有機會，便嘰哩呱啦地無話不談。

自然，在豪門夫妻家中時，兩人除了在夜深人靜時，用低不可聞的聲音交換心聲；更會趁著白晝夫妻上班，小女娃交給保姆，家中無人時，揭開玻璃櫥櫃，在這奢華豪宅中漫步閒聊。

他們談論許多事，包括那夫妻工作性質、個性特點、相處習慣，甚至是閨房情事——畢竟他們本來的任務就是扮演那對豪門夫妻。

他們甚至模擬過數次他們在夜裡透過玻璃櫥櫃裡見過的火熱場景。

這檔事兒，當時在邪偶師豪宅中的「老師」們只約略提過，但沒深入教導，畢竟這不是件需要公開展示的事情，「演」得像不像、兩人懂不懂，並不太重要。

他們模擬過的感想，是十分美妙。

邪偶師邪歸邪，造人偶的技巧十分高超。

逼真的模擬演練讓他們更愛對方了。

他們的重點話題除了受命模仿取代的夫妻身上之外，也時常圍繞在那小女娃兒身上。

「如果按照老師的計畫進行，以後我們就是她爸爸媽媽了。」

「但是這樣的話……她不就失去真的爸爸媽媽了嗎？」

「是呀……」

「老師要我們取代他們，那他們會被送去哪裡？」

「有可能……被送進老師家裡，被老師當作人偶材料吧……我記得之前有其他老師說過人偶的製作過程……」

「嗯，我記得……所以，我們現在要做的事情，是把小妹妹的爸爸媽媽送給老師，切開之後做成更多人偶；然後，我們假扮成小妹妹的爸爸媽媽？」

「好像是……」

「這種事情，是對的嗎？」

「我不知道……」

兩人隨著入住豪宅之後，對即將進行的任務的對與錯，漸漸有了質疑。

那質疑起初像是投入水池的小石激起的漣漪，隨著見到夫妻甜蜜地相擁親熱、抱著小女娃在玻璃櫃前對著自己揮手嬉笑、稱要訂製一模一樣的服裝來和自己兩人比美，還要替小女娃也訂一套同款衣飾時，兩人心中似乎產生了共識——

他們無法執行邪偶師吩咐的任務。

他們不想將這對他們投射多日、模擬許久的夫妻拆散，甚至送入邪偶師家中肢解拆開，變成人偶材料。

摻有老主人舊原料的半顆心，清楚地告訴了他們——

這件任務，是不對的。

他們在那富少投幣下令前兩日，已經做出決定，他們要抗命。

當晚他們逃離豪宅之後，兩人遊蕩到山郊，他們是人偶，雖然腹腔中有邪偶師替他們量身打造的消化臟器，但即便不吃不喝，他們也不會餓、不會渴，他們沿途用花葉做衣、手牽手漫遊山林，過著彷如神仙眷侶般的生活，甚至在石上、在草中，體驗了數次他們之前已經模擬過的夫妻情事。

跟著，他們開始感到胸口漸漸疼痛。

他們屢次聽見邪偶師透過那老舊公共電話，對他們傳來的警告和恐嚇。

邪偶師要他們乖乖回去接受改造，重新執行任務，否則，邪偶師有辦法透過公共電話裡的兩只半顆心，持續對他們施壓，令他們痛苦不堪，直到被邪偶師派出的殺手逮著爲止。

兩人想起了當時上課時，那舊僕老師的話——

摘些茉莉花，去巷子裡找貓，讓貓兒帶你去找一位婆婆，只有婆婆能夠幫助你們。

他們強忍著持續不斷的心絞痛，趁夜下了山，來到市鎮，溜進舊衣回收箱，盜了幾件男女衣褲，喝下一直帶在身上的成長藥水。

他們沒有喝完全部的藥水，而是只喝下邪偶師吩咐份量的一半——畢竟他們那半顆心本便聰明，加上上過課，知道自己被打造成兩位集團名人，要是將成長藥全喝完了，那麼他們在街上很容易被人認出、被追緝他們的殺手人偶認出，因此只喝一半，成長至少年少女的模樣，穿著自舊衣回收箱取得的衣物，尋找那位舊僕口中的婆婆。

就在女孩心痛得幾乎暈厥、緊捏在手中的茉莉花都要掉落之際，一處小防火巷的貓兒，終於對男孩的喊話有了回應。

「你們要找婆婆？」那三花貓喵嗚兩聲，甩了甩尾巴，轉身就跑。「跟我來吧。」

兩人意識模糊地隨著三花貓奔入巷弄深處，他們漸漸感到，四周時間彷如結凍般，斑斑片片的落葉、紙屑彷彿失重般飄浮在空中。

三花貓將他們帶到了一扇小木門前。

他們攙扶著彼此，推門進屋。

見到了在桌下打滾耍賴的土黃小貓地瓜，見到了高傲挺立桌面的紫灰色大貓芋頭，見到了木桌後和藹微笑的符紙婆婆。

他們臉色蒼白，氣若游絲地對符紙婆婆和芋頭，述說整件事情的來龍去脈。

符紙婆婆從抽屜裡取出一只小盒，揭開來，是一枚枚雪白圓糖。

「吃吧。」芋頭這麼說。「能令你們舒服點。」

少年少女相視一眼，各自取了顆糖含入口中，慢慢嚥下糖汁，果然覺得心痛減輕了些。

婆婆緩緩起身，轉身繞進內房，久久沒有出來。

芋頭淡淡地說：「婆婆在替你們想辦法，你們給她一點時間，我們知道你們背後那位老弟的事蹟，他不好惹、他很危險，婆婆如果出手幫助你們，等於與那傢伙宣戰。」

「宣戰就宣戰呀，怕他喲！」地瓜在桌下揮爪叫嚷，突然蹦跳起身，像人似地以後足站立，兩隻前爪擺出猶如拳擊手的迎戰姿勢，左勾爪、右勾爪地打起拳來。「我們又不是打不贏他，他謀害老人偶師，名聲臭得要死，我們為民除害不好嗎？」

「不是不好。」芋頭說：「我不怕打架、婆婆不怕打架，但其他的貓兒呢？」

「我也不怕打架呀！」

「好，就算加上你，那其他的貓兒呢？」

「……就我們三個，難道打不贏他嗎？」

「他人偶很多，且很兇很惡……」

地瓜與芋頭鬼扯半晌，符紙婆婆又出來了，坐回桌前，抽出一疊符紙，捏筆沾墨、龍飛鳳舞一口氣連寫十幾張符，堆成一疊，呀呀笑地連同那盒圓糖，推至兩人面前，跟著噫噫呀呀對著芋頭交代起事情。

少年少女聽不懂婆婆說話，只見芋頭神情嚴肅，不住點頭答是。

□

少年少女手牽著手，走出門外，轉過身，向符紙婆婆深深一鞠躬。

地瓜、芋頭像是引路般地走在他們身前，帶領他們走出這條時光凍結的小巷，來到了一條岔路，地瓜領著少女要往右，芋頭領著少年要往左。

兩人停下腳步，互望對方一眼，地瓜和芋頭繼續往前，他們不得不鬆開手，跟著兩隻貓，走往不同方向。

婆婆說，那邪偶師很厲害，婆婆沒有自信單獨和他作對，且更重要的是，你們有重要的把柄在那邪偶師手中——就是你們身體裡的半顆心。

他掌握著你們兩人的半顆心，就能不停折磨你們。

婆婆的符有神奇的力量，但是那邪偶師擁有同樣等級的力量，婆婆的符未必能壓制他的邪術；但婆婆知道一個也挺會修理玩具的老先生，如果是他的話，或許可以幫助你們。

少女跟著地瓜，默默地走，心中回想著剛剛芋頭在桌上的轉述。

地瓜搖著尾巴，嘰哩呱啦，講的都是對芋頭的抱怨，說自己已經超級能幹了，但芋頭就是不讓他當值日生之類的瑣事。

他們在巷弄裡繞走半晌，轉進更窄更小的小巷，巷弄裡飛飄著神奇的螢火蟲。

「那個邪偶師，會派出老鷹找你們，那些老鷹也是木偶，眼睛比一般老鷹還要銳利，一下子就能找出你們。」地瓜這麼說：「但是妳別怕，我們現在走的路，老鷹看不到。」

「我們要去哪邊呢？」少女不解地問：「為什麼和他分開走？」

「因爲婆婆覺得，單靠玩具爺爺那間店，還是有點勉強……」地瓜說：「所以我們現在要去另一個地方。」他見到少女神情不安，便問：「你們是一對嗎？妳好像不習慣跟他分開。」

「我跟他……」少女說：「從被老師製造出來，一直都在一起，從來沒有分開過。」

「嗯。」地瓜點點頭。「妳剛剛說，邪偶師派給你們的任務，是去假扮一對夫妻，所以你們之前的訓練，一直將對方當成另一半，不過……妳是眞心的嗎？」

「眞心？那是什麼意思？」

「就是……」地瓜用後腳搔搔頭，想了想說：「妳是眞的愛他，還是平常習慣演得很愛他？」

「有他在我身邊，我會很安心，也很開心……」少女這麼說，突然又感到一陣心痛。「我希望……我們能一直在一起……」

「這樣的話……」地瓜立刻從懷中小袋，掏了顆糖給她，要她含著。「我得事先提醒妳，這次你們的對手，不是一個容易對付的對手，結果未必如妳所願喲……」

叮咚——

女孩剛含下糖不久，跟著地瓜走進一間便利商店。

她不懂進來幹嘛，但地瓜已經躍上她的肩，指著櫃檯後方一排洋酒，同時將一張信用卡交給她。「看到那排酒沒有，一整排全買下來。」

「買……一整排酒？」少女呆了呆，接過信用卡，向店員指了他身後那排高級洋酒，稱要全部買下。

「呃……小姐，妳的身分證能不能……」店員對少女的年紀有些疑慮，但他還沒說完，少女肩上的地瓜朝著店員臉面吹出長長一口氣，讓那超商店員像是墮入夢境般不再囉嗦，快速結了帳。

少女提著兩大袋高級洋酒，走出便利商店，又繞進一條死巷，左穿右繞，走進一扇小門，門內是長長的螺旋長梯，她按照地瓜指示，走到長梯底部，見到眼前有條長道，長道盡頭隱隱透著微光。

她走過長道，這才見到擋著長道出口的，是幾片瓦楞紙板。

「高粱！我來囉！接招啦！」地瓜撲開瓦楞紙箱，躍了出去，跟一隻飛撲上來的小幼犬扭打鬧在一塊兒。

女孩提著洋酒走出長道，只見這是一座橋下，一旁那堆瓦楞紙板旁，窩著一個像是流浪漢的老傢伙，身邊圍繞著一群流浪狗。

「好！停！」地瓜和那叫作高粱的小狗打鬧夠了，一記過肩摔將他摔遠。甩了甩身上口水，領著少女來到老傢伙身前，對她說：「這個老頭是講鬼公公。」

講鬼公公望著少女手中兩袋高級洋酒，瞪大眼睛，不住吞嚥口水。

「時間緊迫，沒有帶菜，只帶了酒。」地瓜說。「老酒鬼，你不介意吧。」

「沒菜不要緊，有酒就行了。」講鬼公公隨手從身旁行囊中拿出幾包零食。「零食我自己有呀，都是些不怕死的小鬼送來要我講故事的。」

少女在地瓜指示下，將兩袋洋酒一一取出，一字排開，一共八瓶。

講鬼公公伸手就要取其中一瓶，卻被地瓜撲上揮爪拍開。「別這麼猴急呀，老頭——」

「為啥？」講鬼公公正感到不解，只見地瓜從小袋裡取出八張符，一一貼在洋酒瓶上。

「喝！」講鬼公公看得傻了，那些符，是能讓美酒美上萬倍的美酒符，過去倘若他講了難以收拾的鬼故事，或是符紙婆婆有事託他時，便會奉上經美酒符加持過的美酒來孝敬他。

一瓶美酒，能讓他開心一整夜，難忘好多天。

地瓜彈了彈爪，八張美酒符一齊燃起，八支洋酒閃耀起眩目彩光，像是巨大的寶石，湊近去看，每支瓶中彷彿都藏了團銀河。

少女見地瓜使眼色，這才將一瓶瓶美酒捧至講鬼公公盤起的腳前，堆成一堆，八瓶美酒像是一堆寶石山，將講鬼公公的身子和臉，耀得五彩繽紛。

傻了眼的講鬼公公，這時反而有些怯意，顫抖捏起一瓶，湊在眼前瞧瞧瓶裡美麗銀河，輕輕揭開瓶蓋，湊近嘴邊，望了望少女和地瓜，忍不住問：「那個臭老太婆……這次要你們來，想向我討什麼故事？」

「老酒鬼，你也會怕喔。」地瓜說：「有個很厲害的老人偶師，你知道吧？」

「知道呀。」講鬼公公仍然一頭霧水，小小啜了口酒，整個口腔、喉間都隱隱發亮起來，閉起眼睛，細細品味。「他死了，不是嗎？」

「新繼任的小子，你知道嗎？」

「知道呀。」

「他幹了什麼，你知道嗎？」

「知道一些……」

「婆婆討厭他，你應該知道吧。」

「這我不知道，但我也不喜歡他。」

地瓜點點頭，說：「是呀，他喜歡用活物當材料做人偶，用人，也用貓，也用狗，所以婆婆討厭他。」

「對呀，所以我也討厭他。」講鬼公公又嚥了口酒，喊了幾聲，將周圍大大小小的流浪狗全招聚過來。

地瓜張著雙爪，講起少女和少年的故事。

「我們需要講鬼公公你開開金口，講個有趣的故事。」

□

玩具店裡昏黃黯淡。

鐵捲門拉下一半，老舊的霓虹燈還擺在外頭沒收進屋。

幾座貨架上一隻隻古舊玩具機器人、玩偶熊、玩具士兵、全都轉向望著玩具爺爺那雜亂工作桌。

少年赤裸著上身，坐在圓凳上，像是給醫生聽診般，背對著玩具爺爺。

玩具爺爺持著螺絲起子，揭開少年背蓋，觀察他體內構造。

芋頭端坐在另一張凳上，尾巴捲著前足，說著少年少女的故事，以及他們現在的處境。

「我知道那老傢伙過世了，也知道他有個接班人。」玩具爺爺持著小手電筒，仔細觀察少年體內那些古怪臟器構造，和那懸浮在胸腔中的半顆心。

少年唔的一聲，那半顆心微微震動，彷如遭受電擊。

「吃顆糖壓壓。」芋頭這麼說。

少年從口袋取出婆婆的雪白圓糖，正要含入口，卻被玩具爺爺阻止。

「先別吃，我仔細瞧瞧是怎麼回事。」玩具爺爺說著，仔細觀察少年那半顆心顫抖情形，緩緩地說：「我不知道他那接班人這麼厲害，竟能造出這種東西……我一時也搞不懂這玩意兒……」

一向穩重的芋頭，也微微露出驚訝神情。「你是說，連你也做不出這樣的人偶？」

「身體沒問題。」玩具爺爺繼續觀察飄浮在少年胸腔那半顆心一會兒，這才讓他吃下婆婆的糖，見少年半顆心仍不時如遭電擊般激烈顫抖，但少年反應卻不如吃糖前大，說：「那顆糖，只是讓他感覺不到疼，但是他的心還是持續受到傷害……」

「你沒辦法修理？或是……換顆心給他？」芋頭這麼問。

「這顆心，實在鬼斧神工，我只看懂一部分，沒辦法修好他，除非……」

「除非？」芋頭問。

「除非有另一個一模一樣的半顆心，那麼我有辦法，拼出一顆完整的心。」玩具爺爺這麼說。

「所以……」芋頭又問：「我們得從那傢伙手上搶回他倆另外半顆心？」

「是。」玩具爺爺點點頭。「如果搶得回來的話……」

「他那間大屋子，不是我們說進去就進得去的地方……」芋頭說。「那是他的領域。」

「是呀。」玩具爺爺點點頭。「就像他想踏進我這兒搶人，也沒那麼容易。」

「那如果……」少年緩緩回頭，望向玩具爺爺。「如果……」

□

清冷街上，瀰漫起詭譎氣息。

一片紫黑色的煙霧淹沒了整個市鎮，一盞盞街燈全熄滅了。

只剩下一條小巷弄裡玩具爺爺店外那老舊霓虹燈及拉下一半的鐵捲門還亮著光。

一整隊身披黑甲、背覆黑袍的高大人偶，彷如軍隊出征，聚集到玩具店前。

人偶軍隊背後跟著一輛黑色馬車，拉車的兩匹黑馬及馬背上的馴馬師，全是木偶。

黑色人偶軍團讓出一條道，讓馬車停駐在玩具店門前。

幾個身形矮小的侍者人偶，簇擁著一個像是首領的傢伙步下馬車，來到店面前，敲了敲那半敞的鐵捲門。

首領衣著華麗鮮艷，腦袋上不是人頭，而是一面長方螢幕。

螢幕裡映著個人，正是邪偶師。

鐵捲門喀啦啦往上抬，一隻行動緩慢的過時機器人，慢吞吞地走出店外，望了那隊人偶軍隊，又望了首領一眼，再慢吞吞地將霓虹招牌扛回店裡收妥。

幾名矮小侍者手舞足蹈地牽著首領人偶，步入玩具店裡。

玩具爺爺靜靜坐在工作桌後，少年默默穿回上衣，芋頭靜靜地站在椅上。

「今天打烊了，你改天來吧。」玩具爺爺見那些矮小侍者，像是孩童般在幾座木架前嬉鬧玩耍，還伸手抓玩架上玩具，便清了清嗓子。「晚了，該睡覺的回房睡覺囉。」

玩具爺爺這麼一喊，貨架上一隻隻老舊機器人、玩具士兵、玩偶小熊紛紛跳下木架，奔過玩具爺爺工作桌，奔入後方小房裡。

整間小店貨架頓時清空了三分之二。

「老頭子，我不是來向你買玩具的。」首領螢幕上的邪偶師笑呵呵地說：「你藏了我的人偶，我來向你討回他。」

首領邊說，邊揚手指向那少年。「就是他。」

「這孩子——」玩具爺爺站起身，沉沉地說：「現在是我的客人了，你請回吧，別壞了規矩啦……」

「是你先壞我們規矩吧！」邪偶師尖著嗓子說：「那是我做的人偶，他背叛了我，我要抓他回去，切下他的手腳、摘去他的眼睛、削去他的鼻子耳朵——我造出來的人偶，和眞人一樣，他將要受到的痛苦，也和眞人一樣，嘻嘻、嘻嘻！」

玩具爺爺聽邪偶師這麼說，嘆了一聲，說：「你叔叔過去造出無數擁有人心的人偶；你身爲人，心卻不像人。」

「放屁，我造出的人偶，才是完美的人偶！」邪偶師不服氣地辯駁：「人偶當然要聽主人的話，不聽話的人偶，留著幹嘛？你快交出他，讓我帶回去，不然——」

「不然你想怎樣呢？」玩具爺爺絲毫不退讓，大聲說：「我說了，他現在是我的客人，我不會讓任何人帶走我的客人。」

「那我會掀了你的店。」

「我的店很大，在各地都有分店，你有本事全掀了吧。」

「聽到沒有。」邪偶師隔著螢幕尖笑下令。「掀了！」

矮小侍者躁動起來，開始將貨架上一個個不會動的玩具往地上砸，更多高大黑甲人偶走進店裡，一把掀翻貨架，或是拆毀木板當作武器，砸爛更多貨架。

一個矮小侍者見那動作慢吞吞的老機器人還扛著霓虹招牌往裡頭跑，快步追上。只聽見一記鞭響，如同雷擊，自芋頭那椅下發出，像是一股無形海浪襲來，嘩地掀翻追著老機器人的矮小侍者。

老機器人加快腳步，扛著霓虹招牌，奔進工作桌後方房裡。

玩具爺爺牽著少年，也走進房裡。

芋頭最後才跳下椅子，尾巴接連重重鞭在地板上，鞭出幾道無形波浪，鞭倒幾個追來的矮小侍者，對著首領腦袋螢幕裡的邪偶師說：「剛剛忘了告訴你，你在追的他們，也是婆婆的客人。」

「啊呀，你這隻貓……」邪偶師似乎認出芋頭，嚷嚷地說：「原來那玩具老頭跟寫符婆婆聯手啦？你們以為這樣我就怕了嗎？我跟你說，換作是我叔叔，可能要怕你們，但我不一樣，我造出來的人偶比他的厲害太多，我才不怕……喂！你這貓有沒有在聽我說話！」

芋頭懶得與邪偶師爭辯，也轉入工作桌後房間。

「混蛋——」邪偶師暴怒，隔著螢幕下令。「衝進去，給我抓出那叛徒！」

更多高大黑甲人偶擠入店中，腳邊還衝出一隻隻猛犬，也是木偶。

「呀——」矮小侍者領著猛犬木偶，衝入房中——

全傻了眼。

那小小房門的另一面，寬闊高聳，數十公尺外聳立著一排排兩層樓高的貨架，架上擺滿新舊不一的玩具。

儼然就是一處巨大玩具賣場。

貨架上躍下一隻隻玩具，有些玩具本身即是士兵造型，身上帶著槍械，有些動物玩偶、洋娃娃，沒有武器，但既然是玩具店，自然也有玩具刀槍；玩偶、娃娃們接力將一把把玩具武器傳送給其他玩偶。

這些數公分高的玩具小兵，到一、兩公尺高的玩具大熊，各個都挺著槍械，在貨架前結成守禦陣勢，有些玩偶則搬出一盒盒玩具紙盒，堆成堡壘。

大大小小的玩具坦克轟隆隆開出，一些沒有武裝的玩具貨車，也載滿小玩具士兵轟隆隆駛出。

「怎麼了、怎麼了？」首領在矮小侍者簇擁下，擠過擋在小門外的小侍者和高大人偶，見到遠處高聳貨架前的玩具陣型，忍不住哈哈大笑起來。「你想用玩具槍和我的軍隊打仗？」他尖笑催促正在砸店和店外待命的高大人偶們擁入這玩具賣場，也列隊成陣。

首領抽出腰際一把華麗細劍，領著矮小侍者群在己方陣勢前來回走動，吆喝些像是出戰命令般的口號。

上百隻高大黑甲人偶紛紛拔出佩劍，斜斜指著前方上空。

黑甲人偶腳邊那幾十隻獵犬木偶，則紛紛齜牙咧嘴，等待邪偶師下令。

「看到沒有、看到沒有，這才是軍隊！」邪偶師厲聲奸笑，對著貨架遠處的玩具爺爺說：「你這些東西算什麼？都是些一腳就能踩爛的破東西，再不然就是玩偶熊、洋娃娃，你以為會跑會動，拿把玩具槍，就能打仗了嗎？」

芋頭優雅走出玩具守軍陣勢，站在兩軍之間，隨意舔舔毛，舔出一張符。然後將符往空中一拋，燃出一團紅色火焰。

喀啦啦啦——

轟隆隆隆——

玩具守陣的氣勢開始不一樣了，玩具坦克炮管喀啦啦地挪移位置、玩具貨車發出了逼真的引擎聲、車上士兵一個個舉槍上膛。

芋頭轉頭縱身一躍，躍上貨架高處，尾巴微微揚動。

「管你玩什麼把戲！」邪偶師細劍一指，身後黑甲大偶開始往前推進。

數十隻獵犬木偶衝得極快。

啪——芋頭的尾巴鞭在貨架上，玩具守軍陣前登時掀起長長一片無形波浪，一口氣將衝近整排玩具守軍的獵犬木偶全掀翻倒地。

跟著，玩具守軍一齊開火。

獵犬木偶才剛起身，被掃射一番，紛紛哀嚎倒地。

「喝！」首領腦袋螢幕裡的邪偶師似乎沒料到眼前這些持著五顏六色、造型簡陋幼稚的玩具槍和坦克，火力竟如此強大。

顯然與芋頭剛剛燃去的那張符有關。

那是一張讓玩具槍彈威力增強增強再增強的符。

邪偶師還沒反應過來，一枚小飛彈倏地在他身旁爆炸，將首領炸得跌倒，貨架間飛出一架玩具武裝直升機，朝著揮劍往前的黑甲人偶發射飛彈。黑甲人偶身形高大、鎧甲厚實，捱著幾枚飛彈還是不倒，繼續往前。

守軍開始往貨架內撤，同時繼續開火。

黑甲人偶在倒下三分之一後，終於推進到貨架前。

持著玩具槍的玩具士兵、玩偶、洋娃娃們，開始打起游擊戰，有些躲在貨架中伏擊開槍，有些且戰且退。

本來行動慢吞吞的老機器人，受到符紙婆婆神符加持，動作敏捷許多，他手上武器可不是幼兒玩具槍，而是造型接近眞槍的模型氣槍，那類高級氣槍本便能夠改造成眞槍，此時經過符力加持，威力更勝眞槍，一槍便能擊倒一頭獵犬，兩槍就能令一名黑甲木偶跪倒。

黑甲木偶推進到貨架中段時，已經剩下不到一半。

首領率著幾隻矮小侍者，在貨架外圍來回走動觀戰，一時也無法判斷己方軍隊究竟能不能突破防線，押回那叛徒少年。

「啊！」

一聲尖叫，自首領身後響起。

首領回頭，見到身後小門位置，站著的是少女和地瓜。

「好熱鬧呀，現在打到哪裡了？」地瓜見到遠處槍聲四起，坦克、貨車來回奔馳開火，興奮地喵喵大叫。

「給我抓住她——」首領尖聲下令，幾個矮小侍者一擁而上，撲向少女，還沒抓著少女，腳下卻掀起無形大浪，將他們掀翻倒地——

是遠處貨架上的芋頭用尾巴鞭來的震波。

一個矮小侍者最先站起，又被地瓜撲在臉上一陣亂扒。

其餘侍者則被少女用類似柔術的手法，一個個扭斷脖子——

首領螢幕裡的邪偶師見狀愕然，這才想起少年少女可是他耗時多年的心血之作，全身骨肉都用上了最高級的材料，即便比拚力量，也不輸那些壯碩黑甲巨偶；且兩人本便被當成殺手培養，可是接受過嚴厲格鬥訓練的。

少女走向首領。

首領螢幕裡，邪偶師退開鏡頭一段距離，高呼一聲，幾個侍者搬來那老舊公共電話機擺在邪偶師身旁。

其中一個侍者人偶，用電擊棒電擊那公共電話。

少女感到胸口一陣刺痛，馬上又含入一枚圓糖止痛。

貨架陣裡，黑甲巨偶在四周強大火力壓制下，一隻隻躺倒、失去機能，偶爾有強行突破火網，走出貨架的巨偶，也被少年持著球棒衝來打倒。

百來隻黑甲人偶，連同獵犬木偶，全軍覆沒。

邪偶師透過首領人偶頭上那台螢幕和攝影鏡頭，瞪著少女。「好，這次我派去的人不夠，抓不了你們，但你們的心還在我手上；下次我會派出十倍的軍力上門，你們儘管躲在那老頭店裡，永遠別踏出玩具店一步——」邪偶師一面說，一面搶過侍者手中的電擊棒，不停電擊著公共電話。

你殺了你叔叔——

一個奇異老頭的說話聲音，自少女身邊響起。

邪偶師停下動作，呆愣說：「妳說什麼？不……不是妳，是誰在說話？」

是我在說話呀，我說你殺了你叔叔。

地瓜躍上少女肩頭，舉著一支手機，手機上，是講鬼公公的視訊畫面。

講鬼公公喝著美酒，舉著手機自拍說話：「你偷偷在叔叔飯菜裡下毒，害死那個老好人，搶走他的大房子。」

「你……你……胡說什麼！」邪偶師被抓著把柄，一時不知該說些什麼。

「你叔叔有些舊僕人偷跑出來，雖然後來被你抓了回去，但消息早已傳開來了，大家都知道。」講鬼公公這麼說。

「……」邪偶師喘著氣，有恃無恐說：「假消息……全是假消息，我才不管別人怎麼想，反正我現在是這間房子的主人，我造偶技術比我叔叔更好十倍，我會造出大軍，一個一個把你們收拾掉……」

「那要先問過你叔叔肯不肯呀。」講鬼公公說。

「什麼！」邪偶師像是聽不懂講鬼公公這話什麼意思。

「你叔叔死得太冤枉了，他不甘心、他生氣了、他回來找你了。」講鬼公公咕嚕嚕喝下一大口酒。「你還殺光他所有僕人對不對，你叔叔把他們當成家人一樣，他們也不甘心，他們也要來找你報仇了。」

「你……你說什麼？」螢幕裡的邪偶師驚駭尖叫。「啊！我知道你！你是……你是那個說鬼成真的老酒鬼——」

「對喲。」講鬼公公哈哈大笑。

「你們聯手了，你們全聯手了……」邪偶師怪叫著，似乎聽見了豪宅中傳來了一陣陣奇異的鬼哭聲。

他的叔叔，帶領著舊臣，要來找他算帳了。

螢幕裡，邪偶師揚起一雙細長巧手，揭開那具老舊電話機，露出飄浮在電話機裡頭的兩只半顆心。

他一把將之取出，捏在手上。

「喂喂喂！」講鬼公公連忙說：「你嚇傻啦？你想幹什麼？你把人家的心交出來，我說個圓滿的故事結局給你……」

「不需要。」邪偶師露出一抹詭譎笑容，將兩只小小的半顆心放入口中，咀嚼起來。

少女啊呀一聲，只覺得胸中發出劇痛，連忙取出所有雪白圓糖，一口氣塞入口中，靠著婆婆雪白圓糖神力，支撐著她那漸漸虛弱的半顆心。

另一頭，少年身上沒帶這麼多的糖，立時暈厥，倒地不起。

邪偶師湊近鏡頭，透過螢幕對著地瓜、芋頭，和地瓜捧在手中大呼小叫的講鬼公公視訊畫面說：「你們太小看我了……我叔叔回來又怎樣？他就算回來，搶得贏我嗎？我……」

鬼哭聲陡然逼近邪偶師身佇之處，拍攝邪偶師那攝影機像是被怪風吹倒般，轟隆倒地，只見首領人偶搖搖晃晃，歪著頭坐倒在地，螢幕花亂亂地鬼影竄動，邪偶師一會兒厲笑、一會兒慘叫，然後又發出奸笑，一時也分辨不出他那頭情勢變化。

他早已像是妖怪了。

妖怪跟鬼，孰強孰弱，沒人知道。

螢幕戛然而止——

「哇你個混蛋王八蛋，你以爲關掉螢幕聽不見我說話，我說的故事就沒效了嗎？」講鬼公公猶自罵個不停。「我跟你說呀，我坐在橋下，隔空講鬼故事都能講死你，你叔叔他呀——」

大批玩具們開始收拾殘局，將一具具壞死的入侵人偶自貨架間拖出堆放，玩具爺爺急匆匆地奔出貨架，指揮著大熊小熊，用拖板車推著暈死少年奔向少女，拉著她奔入另一間房，那房中有張更大的工作桌，玩具爺爺一把將工具桌上所有雜物全掃在地上，指揮小熊將少年抬上工作桌，翻至背面，拿了把螺絲起子揭開少年後背，檢視他那受損的半顆心。

「還來得及！」玩具爺爺少見地激動起來，動作俐落地持著各種工具，修補起少年的心，同時對少女說：「很抱歉，我能力不如那壞小子，沒辦法替你們造出另外半顆心，但我可以將你們兩片半顆心，併成一顆心，讓你們其中一個活下去。」

「這樣的話……」少女立刻背過身去。「把我的心給他吧。」

玩具爺爺停下動作，望著少女呆愣幾秒，緩緩地說：「妳和他一樣趴著，讓我揭開妳的背。」

少女依照玩具爺爺吩咐，在少年身旁趴下，側臉望著少年俊美睡顏，手往他身子探去，拉著他的手。

少年漸漸恢復知覺，眼睛緩緩睜開。

他感到女孩手指觸感，便反握住她的手。

「我想一直牽著妳。」

「我想一直被你牽著。」

玩具爺爺繞至工作桌另一側，飛快揭開少女後背，也對少女半顆心精細檢查維修起來。

「我要開工了，你們睡吧。」玩具爺爺說完，取出一只小巧音樂盒，旋動發條，揭開盒蓋，放在少年少女額間。

兩人聽著那音樂盒流溢出的美妙音樂，漸漸覺得睏了。

少女閉起眼睛，腦海裡浮現出一幕幕與少年一同上課、練習格鬥、模仿新婚夫妻、互相稱呼對方老公老婆的情景——

「我們如果假扮成那對夫妻，可以生一個小孩嗎？」

「應該不能吧，我們是人偶。」

「爲什麼我們要做這種事？」

「我也不知道，大老師要我們這麼做的，他要我們聽主人的話。」

「如果我們不是人偶，是眞的人類，會遇在一起嗎？」

「應該會吧。」

「可是上課時，老師說地球有七十幾億人，我們怎麼遇上對方？」

「我們是按照那對夫妻的樣子造出來的人偶，他們可以遇見彼此，我們當然也有機會呀。」

「如果我遇見妳，要牽妳的手，妳會像現在一樣讓我牽著嗎？」

「會呀。」

「我想像現在這樣一直牽著妳。」

「我想一直被你牽著。」

少女睜開眼睛，坐起身來，清晨陽光透過窗，映在她一身白袍上。

她發現自己躺在一張小床上，在一間小房中，房外隱約傳出喀啦啦的工作聲音。

她驚急奔出房，遠遠見到玩具爺爺還埋首在工作桌旁，四周有些老舊玩具機器人正在打掃。

「爺爺，我怎麼……」少女奔到玩具爺爺身旁，望見玩具爺爺工作桌上擺著的，正是那男孩人偶，男孩恢復成原本三十公分大小，身子仍是肉色，但雙眼雪白一片。

「我說過了，我沒辦法替你們造出另外半顆心。」玩具爺爺說：「只能把你們兩人的半顆心，併成一顆心，讓其中一人活下。」

「可是！」少女哭泣說：「我說要把心給他呀！」

「先來後到。」玩具爺爺替男孩人偶穿上衣服。

「他已經先把心讓給妳了。」

「如果、如果……我把我身體裡半顆心讓給她……玩具爺爺，您能替她拼成一顆心嗎？」

少年在邪偶師大軍壓境前，早一步提出這樣的要求。

玩具爺爺答應了他的請求，將他當成客戶，所以不惜與邪偶師開戰，也要守著客戶。

□

昏暗微光下，美麗的長髮店員打開玻璃櫃，捧出那隻精美少年人偶，替他褪下穿了兩、三天的舊衣，換上一套新衣，捧在手上端看半晌，在他臉上輕輕一吻，才將他放回櫃中，還替他換了個姿勢。

她關上玻璃櫃，又看了許久，這才帶著少年人偶那身舊衣，走回自己睡房。

小小的睡房裡有張小小的單人床。

她衣櫃旁還擺著一具更小的衣櫃，裡面掛著一套套少年人偶衣服。

她將舊衣掛回人偶衣櫃。

床旁那小小的書桌上擺著一台縫紉機，小衣櫃裡的人偶衣服全是她在這漫長時光裡一件件親手縫紉出來的。

距離那時候，已經過了很久很久。

那時她也向玩具爺爺提出了一個請求——

「玩具爺爺，如果我做你僕人，替你打掃顧店，你能夠替他造出一顆全新的心嗎？」

「我試看看吧……」

多少個日子過去了呢？她已經記不得了，她坐上床，拉開一面小簾，透過小小一扇窗望出，能夠望見當年那片和他私奔之後，觀看日出日落、鑽草攀石的山坡。

那是她記憶裡和他相伴過最美麗的一段時光。

她不知道玩具爺爺還要花多久時間，才能替他造回一顆完整的心。

她只知道自己願意一直一直等下去。

《符紙婆婆與左鄰右舍們　詭語怪談3》完

後記

在寫作這篇故事的這段時間裡，由於各式各樣稀奇古怪的瑣事纏身，每日心情像是搭乘巨型雲霄飛車般，一下飛上雲端、一下墜進谷底；有心甜、有酸楚、有興奮、有焦躁、有疲憊、有茫然……但每當我開啓電腦，盯著故事檔案裡的點點滴滴，總能靜下心來，從浮躁的日常踏入故事裡的世界，繼續推動故事往前；因此這本書的進度沒有被拖累，仍然穩健地按部就班，照著當初與編輯部約定的期限如期完成。

換成以前的我，應該做不到吧。

過去我開心時一天能寫上萬把字，心情不佳半個月寫不出幾句話；那時候書市大好，我蹉跎了許多時間；那時候的我很任性，還沒學會現在的韌性。

那時我年輕但不懂得珍惜時光，直到發現父母髮鬢發白、疾病纏身，自己一張萬年童顏也漸漸生出白髮和皺紋，才終於認清時間從不曾爲任何人停下，自始至終冷漠地持續往前。

有些歌要經歷一些風霜才聽得出滋味；有些故事要走過漫長旅程才看得出情懷；有些東西錯過之後才曉得珍貴；有些教訓要親身經驗過才眞正體悟。

過去我不懂的東西，現在漸漸懂了。

至今還沒學會的東西，也正努力學習著。

無論如何，這本書十二篇故事，是我這段期間的心血結晶，我誠摯感謝所有看過這本書，且願意繼續追看後續故事的所有朋友們。

星子

2018.12.4 於桃園龜山

國家圖書館出版品預行編目資料

符紙婆婆與左鄰右舍們 / 星子 著.——初版.——
臺北市：蓋亞文化，2019.2
面； 公分.——（星子故事書房；TS012）
（詭語怪談系列）
ISBN 978-986-319-385-2

857.81 107022627

星子故事書房TS012

符紙婆婆與左鄰右舍們 詭語怪談系列

作　　者　星子（teensy）
封面裝幀　莊謹銘
責任編輯　盧琬萱
主　　編　黃致雲
總 編 輯　沈育如
發 行 人　陳常智
出 版 社　蓋亞文化有限公司
地址：台北市103承德路二段75巷35號1樓
電話：02-2558-5438　傳眞：02-2558-5439
電子信箱：gaea@gaeabooks.com.tw
投稿信箱：editor@gaeabooks.com.tw
郵撥帳號 19769541　戶名：蓋亞文化有限公司
法律顧問　宇達經貿法律事務所
總 經 銷　聯合發行股份有限公司
地址：新北市新店區寶橋路二三五巷六弄六號二樓
電話：02-2917-8022　傳眞：02-2915-6275
港澳地區　一代匯集
地址：九龍旺角塘尾道64號龍駒企業大廈10樓B&D室
電話：+852-2783-8102　傳眞：+852-2396-0050
初版二刷　2020年7月
定　　價　新台幣 260 元
Published and printed in Taiwan

ISBN 978-986-319-385-2

GAEA

Gaea